L'énigme
des catacombes

Rick Riordan

Traduit de l'anglais (États-Unis)
par Vanessa Rubio-Barreau

Illustrations intérieures
de Philippe Masson

bayard jeunesse

Une série de 10 titres
qui paraîtront tous les 2 ou 3 mois,
de février 2011 à décembre 2012 !

**Pour participer à la chasse aux 39 clés
et gagner des clés plus vite que Dan et Amy
va sur le site Internet dédié à la série :**

www.les39cles.fr

JOUE ET GAGNE !

Connecte-toi vite sur le site www.les39cles.fr

Une fois sur la page d'accueil :

Crée ton compte
et choisis un mot
de passe.

Sur ton compte, va sur la page des jeux : « **gagne des clés** »
et entre ton code personnel. Soulève le deuxième rabat
de la couverture de ton livre, et regarde ! Il y a des chiffres
imprimés, c'est ton code : **il est unique**.

Entre-le ici !

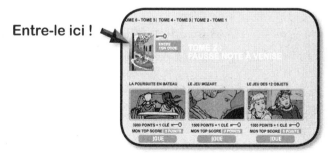

À partir du tome 3, tu as deux codes personnels à entrer sur
le site, et cela jusqu'au tome 10. Tu refais donc la même chose !

À chaque code entré, tu gagnes **300 points**, et la clé du livre, celle que Dan et Amy découvrent à chaque aventure ! Cette clé t'est présentée dans une vidéo et tu peux la retrouver dans « **le tableau des clés** ». Le but est bien sûr d'obtenir les 39 clés !

Joue ensuite aux jeux qui te sont proposés ! Gagne deux à trois nouvelles clés par livre et complète ainsi ton tableau des clés.

Des jeux d'action
comme le labyrinthe des squelettes, la course à Sydney, le jeu de l'hélicoptère…

Des jeux d'observation
où, par exemple, tu dois retrouver sept erreurs dans un tableau représentant Benjamin Franklin, le savant américain du tome 1 qui donne tant de fil à retordre aux héros ! Le jeu « Où est la perle ? »…

Des jeux de réflexion
comme le sudoku, le jeu Mozart où tu dois reproduire une musique de Mozart, le pendu…

Plus tu as de points, **plus tu as de chance de décrocher une clé** et de voir la vidéo de cette clé, qui est bien sûr différente de celle du livre !

Tu dois en fait atteindre un score maximum indiqué sous chaque jeu. **Tu peux y rejouer tant que tu veux !** Toutes les clés que tu as gagnées s'afficheront en orange **sur la carte interactive du monde** ou dans le « **tableau des clés** ».

À chaque nouveau tome, il y aura de nouveaux jeux, de nouveaux défis ! Bien évidemment on t'avertira de la date de sortie des prochains volumes. **Alors n'hésite pas à revenir souvent sur le site !**

Et si tu as réussi à gagner les clés de tous les jeux, va consulter les autres rubriques !

PROLONGE TA LECTURE
EN SURFANT SUR LE SITE !

Tu en sauras davantage sur les **héros** (leurs points forts, leurs points faibles, leur devise !), sur les différents **clans**, sur les concurrents : l'acteur hollywoodien à la dernière mode, Jonah Wizard, l'ex-espionne russe du KGB, Irina Spasky…, sur les auteurs comme Rick Riordan ou sur l'illustrateur Philippe Masson qui vit à Tours…

Tu apprendras plein de **choses passionnantes** sur les lieux que traversent Dan et Amy : Venise, les Catacombes de Paris, Montmartre, Tokyo, Sydney… et sur les **personnages célèbres** sur qui nos héros enquêtent : le savant américain Benjamin Franklin, le célèbre compositeur Mozart, le guerrier japonais Toyotomi Hideyoshi, la famille Romanov, Chaka Zoulou…

Dans les bonus, Nellie, la jeune fille au pair, te fera même découvrir ses recettes préférées…

RDV sur le site www.les39cles.fr !

IL EST FAIT POUR TOI !
DE NOMBREUX LOTS, VOYAGES,
CADEAUX SONT À GAGNER !

Pour Haley et Patrick,
qui ont relevé le défi

Titre original :

The Maze of Bones

Publié avec l'autorisation de Scholastic Inc.,
557 Broadway, New York, NY 10012, USA.
The 39 Clues (les 39 clés) et tous les logos qui y sont associés sont des
marques déposées de Scholastic Inc.
© 2011 Bayard Éditions
pour la traduction française et les illustrations.
Dépôt légal : février 2011
ISBN : 978-2-7470-3029-8
Imprimé en Espagne
Loi n° 49-956 du 16 juillet 1949 sur les publications destinées à la jeunesse.
Dixième édition

I. Un changement de dernière minute

Cinq minutes avant sa mort, Grace Cahill décida de changer son testament.

Son notaire lui en apporta une seconde version, qu'elle avait gardée secrète pendant sept ans.

Jusqu'à présent, William MacIntyre s'était toujours demandé si elle serait assez folle pour oser s'en servir.

– Vous êtes sûre, madame ?

Par la fenêtre, Grace balaya du regard la prairie ensoleillée qui entourait sa demeure. Son chat, Saladin, était blotti contre elle, comme depuis le début de sa maladie. Mais aujourd'hui sa présence ne suffisait pas à la réconforter. Ne s'apprêtait-elle pas à déclencher des évènements qui risquaient d'anéantir la civilisation ?

– Oui, William, confirma-t-elle dans un souffle. Sûre et certaine.

Le notaire brisa le sceau du gros dossier de cuir marron. C'était un homme grand et maigre. Son long nez pointu projetait sans cesse une ombre sur son visage, comme l'aiguille d'un cadran solaire. Il avait été le conseiller, le plus proche confident de Grace pendant la moitié de sa vie. Durant toutes ces années, ils avaient partagé de nombreux secrets, mais jamais aussi dangereux que celui-ci.

Il lui tendit le document afin qu'elle le relise. Elle fut prise d'une quinte de toux qui la secoua violemment. Lorsqu'elle fut calmée, William l'aida à saisir le stylo et à apposer sa signature sur le papier.

– Ils sont encore tellement jeunes, soupira le notaire. Quel dommage que leurs parents n'aient pas...

– Inutile de se lamenter sur le passé, le coupa Grace d'un ton amer. Les enfants sont assez grands, maintenant. C'est notre seul espoir.

– Mais s'ils échouent...

– Alors cinq siècles d'efforts auront été vains. Ce sera la fin. De la famille, du monde... de tout.

William hocha gravement la tête et lui reprit le testament des mains.

Grace se laissa aller sur son oreiller en caressant la robe argentée de Saladin. Le ciel bleu qu'elle apercevait par la fenêtre la rendait triste. Ce n'était pas une journée pour mourir. Il faisait trop beau. Elle aurait aimé faire un dernier pique-nique avec les enfants. Elle aurait aimé être encore jeune, vaillante, capable de parcourir le monde.

Mais sa vision se brouillait, elle peinait à respirer. Elle serra dans sa main son collier de jade, un porte-bonheur qu'elle avait déniché en Chine des années auparavant. Avec son pendentif autour du cou, elle avait souvent frôlé la mort, mais en avait toujours réchappé de justesse. Hélas, aujourd'hui, son talisman ne pouvait plus rien pour elle.

Elle s'était efforcée de tout régler pour cette échéance, mais il restait tant à faire... tant de choses qu'elle n'avait pas dites aux enfants.

– Il faudra qu'ils fassent avec, murmura-t-elle.

Et sur ces mots, Grace Cahill ferma les yeux pour la dernière fois.

Lorsqu'il fut sûr que Grace s'était éteinte, William MacIntyre s'approcha de la fenêtre et tira les rideaux. Il préférait la pénombre. Cela lui semblait plus approprié pour la tâche qui l'attendait.

La porte s'ouvrit derrière lui. Le chat de Grace souffla avant de filer sous le lit.

William ne se retourna pas tout de suite. Il fixait la signature de Grace au bas de son nouveau testament, ces quelques pages qui étaient désormais le document le plus important de toute l'histoire de la famille Cahill.

– Alors ? demanda une voix brusque.

Le notaire fit volte-face. Un homme se tenait dans l'encadrement de la porte, le visage dans l'ombre, vêtu d'un costume noir corbeau.

– Allez-y, déclara William. Assurez-vous qu'ils ne se doutent de rien.

Il n'aurait pu le jurer, mais il eut l'impression que l'homme en noir souriait.

– Ne vous en faites pas, promit-il. Ils n'auront pas le moindre soupçon.

2. Le testament de Grace

Dan Cahill était convaincu d'avoir la grande sœur la plus pénible du monde. Et c'était avant qu'elle ne laisse deux millions de dollars partir en fumée.

Tout avait commencé le jour de l'enterrement de leur grand-mère. Sans oser le dire, Dan était surexcité à l'idée de faire une empreinte de la pierre tombale une fois que tout le monde serait parti. Grace ne lui en voudrait pas. Elle était cool, comme grand-mère.

Dan était un grand collectionneur. Il accumulait les cartes de base-ball, les autographes des plus grands hors-la-loi de l'histoire de la justice, les armes datant de la guerre de Sécession, les pièces de monnaie les plus rares et tous les plâtres qu'il avait eus depuis la maternelle (douze en tout). En ce moment, il se passionnait

surtout pour sa collection d'empreintes de stèles funé-
raires. Certaines étaient vraiment incroyables ! Sur sa
préférée, on lisait :

PRUELLA GOODE
1891-1929
JE SUIS MORTE. ON VA FÊTER ÇA.

Il espérait pouvoir ajouter celle de sa grand-mère à
sa collection, afin de garder d'elle un souvenir impé-
rissable.

Bref, c'est leur grand-tante qui passa les prendre à
Boston pour les emmener dans le comté de Worcester
où avait lieu l'enterrement. Elle conduisait comme une
folle, mais au ralenti. Elle roulait à quarante kilomètres à l'heure au beau milieu de l'autoroute et chan-
geait constamment de file, obligeant les autres voitures à
faire des écarts pour ne pas finir dans le décor, ce qui
déclenchait bien entendu un concert de klaxons. Mais
tante Béatrice continuait à tourner le volant d'une
main désinvolte et chargée de bijoux. Sa peau ridée
disparaissait sous une épaisse couche de poudre et son
rouge à lèvres écarlate jurait avec les reflets bleutés de ses
cheveux. Avec son air de clown diabolique, elle donnait
sûrement des cauchemars aux autres conducteurs !

– Amy ! cria-t-elle en enfonçant la pédale de frein,
forçant un 4 × 4 à se rabattre sur la bande d'arrêt
d'urgence. Arrête de lire en voiture ! C'est dangereux !

– Mais, tante Béatrice…

– Ferme-moi ce livre, jeune demoiselle !

Amy obéit, comme d'habitude. Jamais elle ne tenait tête aux adultes. Elle avait de longs cheveux châtains aux reflets roux, alors que son frère était blond. C'était, selon lui, la preuve irréfutable que sa véritable sœur avait été enlevée et remplacée par une extraterrestre. Explication fort improbable, car ils avaient les mêmes yeux, vert jade comme disait leur grand-mère.

Amy avait trois ans et vingt centimètres de plus que lui, et elle ne manquait pas une occasion de le lui rappeler. Comme si avoir quatorze ans était une fin en soi. En général, elle ne quittait pas son uniforme « jean + vieux T-shirt », car elle n'aimait pas se faire remarquer. Aujourd'hui, cependant, elle portait une robe noire qui lui donnait l'allure de Vampirella.

Dan espérait qu'elle était aussi mal à l'aise que lui dans son costume-cravate ridicule. Tante Béatrice avait fait un scandale parce qu'il comptait venir à l'enterrement en tenue de ninja. Grace, elle, s'en moquait, il en était sûr. Elle aurait sûrement compris que ça l'aidait à se sentir fort et invincible. Mais ça, c'était trop demander à tante Béatrice. Parfois, il avait du mal à croire qu'elles aient pu être sœurs.

– Dès qu'on sera de retour à Boston, je vais mettre votre jeune fille au pair à la porte, grommela-t-elle. Elle vous laisse vraiment faire n'importe quoi !

– Nellie est géniale ! protesta Dan.

– Enfin ! Tu as failli mettre le feu à l'immeuble d'en face alors que cette fameuse Nellie était censée te surveiller !

– C'est bien ce que je disais !

Béatrice leur imposait tous les mois ou presque une jeune fille au pair différente. Le point positif, c'est qu'elle ne vivait pas avec eux. Elle habitait à l'autre bout de la ville dans un immeuble où les enfants n'étaient pas les bienvenus. Il s'écoulait donc parfois quelques jours avant qu'elle n'apprenne les derniers exploits de son petit-neveu.

Nellie avait tenu un peu plus longtemps que les autres à son poste. Dan l'appréciait parce que c'était la reine des gaufres et qu'elle passait son temps avec son iPod vissé sur les oreilles, volume à fond. Si bien qu'elle n'avait rien entendu quand il avait lancé ses fusées artisanales par la fenêtre. Il la regretterait si elle était renvoyée.

Durant toute une partie du trajet, tante Béatrice continua à râler qu'ils étaient pourris gâtés. Amy se replongea discrètement dans son énorme livre. Ces deux derniers jours, depuis qu'ils avaient appris la mort de Grace, elle lisait encore plus que d'habitude. Dan savait que c'était son moyen à elle de se protéger, mais il lui en voulait un peu, il avait l'impression d'être complètement abandonné.

– Qu'est-ce que tu lis en ce moment ? demanda-t-il. *L'encyclopédie médiévale des poignées de porte* ? Ou *Les serviettes de toilette à travers l'histoire* ?

Amy lui tira la langue.

– C'est pas tes oignons, crétin.

– Tu ne peux pas traiter un maître ninja de crétin. Tu as déshonoré notre famille. Tu dois te faire hara-kiri.

Amy leva les yeux au ciel.

Au bout de quelques kilomètres, la ville laissa progressivement la place à un paysage plus champêtre. Cela commençait à ressembler à la campagne où vivait

Grace. Dan s'était promis de ne pas sombrer dans la mélancolie, mais sa gorge se serra malgré lui. Grace avait toujours été géniale avec eux. Elle les traitait comme des personnes à part entière et non comme des gamins. C'est pour ça qu'elle tenait à ce qu'ils l'appellent Grace et non grand-mère, mamie, mémé ou tout autre surnom ridicule. Elle avait été l'une des rares personnes au monde à se soucier d'eux. Mais elle était morte et, à son enterrement, ils allaient devoir affronter les autres membres de la famille qui, eux, n'avaient jamais montré la moindre sympathie à leur égard...

De gros nuages s'amoncelaient dans le ciel d'été. La demeure familiale se dressait, sombre et sinistre, au sommet de la colline, tel un manoir hanté. Dan adorait cet endroit avec ses innombrables recoins, cheminées et vitraux. Et il aimait encore plus le cimetière en contrebas du manoir, blotti au pied de la colline. Il ne comprenait pas qu'on ait loué un corbillard pour parcourir la centaine de mètres qui les séparaient. Pourquoi ne pas avoir fixé des roulettes sous le cercueil, comme pour les valises ? Ça aurait été bien plus simple.

Une dizaine de tombes en ruines étaient éparpillées dans une clairière entourée d'arbres, au bord d'un ruisseau. Certaines étaient si anciennes que leurs inscriptions étaient complètement effacées. Grace les emmenait souvent se promener ici lorsqu'ils lui rendaient visite, le week-end. Avec Amy, elles passaient l'après-midi installées sur une couverture, à lire et à bavarder, tandis que Dan admirait les tombes, puis partait explorer les bois ou longer le ruisseau.

« Arrête, mon vieux, songea-t-il. Tu te fais du mal. »

– Il y a un monde fou, murmura Amy en descendant de voiture.

– Tu ne vas pas paniquer, hein ?

Sa sœur tripotait nerveusement le col de sa robe.

– Je… je ne panique pas. C'est juste…

– Que tu détestes la foule, compléta-t-il. Tu savais bien qu'il y aurait du monde, enfin. Ils viennent tous les ans.

Tous les hivers, Grace invitait ses cousins des quatre coins du monde pour une semaine de vacances.

Le manoir accueillait des Cahill de Chine et de Grande-Bretagne, des Cahill d'Afrique du Sud et du Venezuela. La plupart ne portaient même pas le nom de Cahill, mais Grace leur avait assuré qu'ils étaient de la famille. Elle avait essayé de leur expliquer les liens de parenté qui unissaient les cousins germains, les cousins issus de germain et les cousins au troisième degré. Seulement, c'était si complexe que Dan en avait mal à la tête et qu'Amy courait se cacher dans la bibliothèque avec le chat.

– Je sais…, soupira-t-elle. Enfin, quand même… c'est fou !

Elle avait raison. Quatre cents personnes au moins se dirigeaient vers le cimetière.

– Ils en veulent à son argent, décréta le garçon.

– Dan !

– Quoi ? C'est vrai.

Ils venaient de se joindre à la procession quand il se retrouva subitement la tête en bas.

– Hé !

– Regardez, les gars, claironna une fille. On a attrapé un rat !

Dan ne voyait pas grand-chose dans cette position, mais il reconnut les jumelles Holt – Madison et Reagan – qui le tenaient chacune par un pied. Elles avaient le même survêtement violet, les mêmes couettes blondes et le même sourire mauvais. Derrière elles, il aperçut tout un petit groupe dans la même tenue : le reste de la famille Holt. Leur pitbull, Arnold, courait partout en aboyant comme un fou.

– On n'a qu'à le noyer dans le ruisseau, proposa Madison.

– Non, je veux le jeter dans les ronces ! ronchonna Reagan. Pourquoi on ne fait jamais ce que je veux ?

Leur frère aîné, Hamilton, ricanait bêtement. À ses côtés, les parents, Eisenhower et Mary-Todd Holt, souriaient, trouvant visiblement ce jeu très amusant.

– Enfin, les filles ! intervint le père. On ne peut pas traiter les gens ainsi à un enterrement. C'est une fête de famille !

– Amy ! gémit Dan. Tu attends quoi ?

Sa sœur était livide. Elle se mit à bafouiller :

– Lâ-lâ-lâch…

Il poussa un soupir exaspéré et hurla :

– Elle essaie de vous dire de me lâcher !

– Ah, d'accord !

Les jumelles le laissèrent tomber… sur la tête.

– Ouille !

– Ma-ma-madison ! s'indigna Amy.

– Ou-ou-oui ? se moqua l'autre. J'ai l'impression que tous ces bouquins te ramollissent le cerveau, ma pauvre.

Face à n'importe qui d'autre, Dan aurait probablement riposté, mais, avec les Holt, il préférait s'abstenir. Même Madison et Reagan, qui étaient pourtant les plus jeunes, n'auraient eu aucun mal à lui flanquer une raclée. Les enfants comme leurs parents étaient de vraies montagnes de muscles. Ils avaient des mains larges comme des battoirs, des cous de taureaux et la tête de G.I. Joe. Jusqu'à la mère, Mary-Todd, qu'il imaginait tout à fait en train de se raser et de fumer un cigare.

– Profitez-en pour bien regarder la maison, bande de minables, reprit Madison. Parce que vous ne reviendrez plus jamais maintenant que cette vieille sorcière est morte.

– *Ouaf !* renchérit Arnold le pitbull.

Dan chercha Béatrice des yeux, mais, comme d'habitude, elle les avait abandonnés à leur triste sort pour aller discuter avec les autres.

– Grace n'était pas une sorcière, répliqua-t-il, et cette maison, on va en hériter !

Hamilton éclata de rire.

– Ouais, c'est ça !

Il avait une sorte de crête qui se dressait comme un aileron de requin sur son crâne.

– Tu vas être déçu quand ils vont lire le testament. Je te jetterai dehors moi-même !

– Ça suffit ! les coupa Eisenhower, le père. En avant, marche !

La famille Holt se dirigea vers le cimetière au petit trot, écartant sans ménagement les gêneurs tandis qu'Arnold aboyait après tout le monde.

– Ça va, ta tête ? s'inquiéta Amy, confuse.

Dan acquiesça. Il était un peu énervé que sa sœur ne l'ait pas défendu, mais ça ne servait à rien d'insister. Elle était d'une timidité maladive.

– Je ne peux pas les supporter, ceux-là, grommela-t-il.

– Il y a pire, répliqua sa sœur en désignant le cimetière du menton.

La gorge de Dan se serra.

– Les Cobra, murmura-t-il.

Ian et Natalie Kabra, debout devant le cercueil de Grace, s'entretenaient avec le prêtre comme deux parfaits petits anges, impeccables en costume et tailleur sur mesure. Le noir contrastait avec leur peau mate et mettait en valeur leurs cheveux bruns soyeux. Ils auraient pu poser pour un magazine.

– Ils se tiendront tranquilles pendant la cérémonie, affirma Dan. Ils sont là pour l'argent, comme les autres. Mais ils n'auront rien.

Amy fronça les sourcils.

– Dan… tu étais sérieux quand tu as dit qu'on allait hériter de la maison ?

– Évidemment ! On était les chouchous de Grace, tu le sais bien. On a passé bien plus de temps avec elle que les autres.

Amy soupira, insinuant qu'il était trop jeune pour comprendre, ce qui avait le don de lui taper sur les nerfs.

– Viens, il faut y aller, dit-elle.

Et ils se fondirent dans la foule.

Dan eut l'impression que la cérémonie se déroulait dans une sorte de brouillard. Le prêtre marmonna un truc à propos de cendres, puis le cercueil fut descendu dans le trou et chacun jeta une poignée de terre dessus. Il lui sembla que certains y prenaient un malin plaisir, surtout Ian et Natalie.

Il reconnut quelques autres membres de la famille : Alistair Oh, le vieux Coréen avec sa canne au pommeau en diamant ; Irina Spasky, la Russe qui louchait un peu, les triplés Ned, Ted et Sinead Starling, qui avaient l'air de trois joueurs de hockey clonés. Il y avait même le gars qui passait à la télé, Jonah Wizard. Un peu à l'écart, le héros de *Gangster Academy* posait sous les flashes avec une ribambelle de filles. Les gens faisaient la queue pour lui parler. Il était habillé comme dans ses clips, avec des kilos de chaînes et de gourmettes en argent, un jean déchiré et un T-shirt moulant (assez ridicule étant donné qu'il n'avait pas le moindre muscle). Un homme noir plus âgé se tenait derrière lui, pianotant frénétiquement sur le clavier de son super téléphone portable, sans doute son père. Dan avait entendu dire que Jonah Wizard était un de leurs cousins éloignés, mais il ne l'avait jamais rencontré jusque-là. Il hésita à lui demander un autographe pour sa collection.

Après le service religieux, un homme en costume gris monta sur l'estrade. Il lui était vaguement familier.

Avec son long nez pointu et son crâne dégarni, il lui faisait penser à un vautour.

– Merci à tous d'être venus, commença-t-il d'un ton grave. Je me présente : maître William MacIntyre, notaire et exécuteur testamentaire de Mme Cahill.

– Exécuteur ? murmura Dan à l'oreille de sa sœur. C'est lui qui l'a tuée ?

– Mais non, idiot, ça veut dire qu'il est chargé d'exécuter ses dernières volontés.

– Si vous voulez bien ouvrir vos programmes, certains d'entre vous y trouveront une invitation, poursuivit maître MacIntyre.

Un murmure d'excitation parcourut la foule, tandis que chacun feuilletait fébrilement son fascicule. Dan en tira un carton bordé d'or qui disait :

*Dan et Amy Cahill sont conviés
par la présente à la lecture du testament
et des dernières volontés de Grace Cahill.*

OÙ
Dans le grand hall du Manoir des Cahill

QUAND
Immédiatement

– Je le savais ! s'exclama Dan.

– Je peux vous assurer, reprit le notaire, que ces invitations n'ont pas été lancées à la légère. Je présente mes excuses à ceux qui n'en ont pas reçu. Grace Cahill n'avait aucunement l'intention de vous offenser. Mais parmi les nombreux membres du clan, seuls ont été sélectionnés les candidats les plus prometteurs.

Des cris de protestation s'élevèrent. Finalement, Dan n'y tint plus et cria :

– Les plus prometteurs pour quoi ?

– Dans ton cas, murmura Ian Kabra derrière lui, pour devenir le plus grand crétin d'Amérique.

Sa sœur Natalie gloussa. Elle jubilait, son carton à la main.

Avant que Dan ait pu songer à une réplique bien sentie, l'homme en costume gris répondit :

– Pour devenir les bénéficiaires de son testament. Maintenant, je prie ceux qui ont une invitation de bien vouloir se rassembler dans le grand hall.

Les personnes concernées se ruèrent vers le manoir comme si on avait annoncé un buffet gratuit.

Natalie Kabra adressa un clin d'œil à Dan.

– *Ciao*, cousin. La fortune nous attend.

Et elle prit son frère par le bras pour remonter la colline.

– Laisse tomber, fit Amy. En tout cas, tu avais raison, Dan. Si ça se trouve, on va peut-être hériter de quelque chose.

Mais son frère fronçait les sourcils. Pourquoi l'homme en gris avait-il pris un air sinistre pour leur annoncer tout ça ? Et pourquoi Grace avait-elle inclus les Kabra dans son testament ?

En pénétrant dans le manoir, Dan leva les yeux vers le blason de pierre qui surmontait la porte : un grand C entouré de quatre sortes d'animaux, un dragon, un ours, un loup et deux serpents entrelacés autour d'une épée. Même s'il ignorait sa signification, ce blason l'avait toujours fasciné. Tous les animaux semblaient le fixer, prêts à se jeter sur lui.

Il suivit la foule à l'intérieur en se demandant ce qui avait pu les énerver à ce point.

Le grand hall était aussi vaste qu'un terrain de basket. Des dizaines d'armures et d'épées étaient alignées le long des murs. Les fenêtres étaient tellement immenses que Batman aurait pu passer à travers sans problème.

William MacIntyre s'installa à une table, devant un écran de projection, tandis que les gens prenaient place sur les chaises. Il y avait une quarantaine de personnes dans la salle, y compris la famille Holt, les Kabra et tante Béatrice, qui paraissait furieuse de se trouver là (ou plutôt furieuse que les autres soient là).

Maître MacIntyre leva la main pour réclamer le silence. Il tira un document d'un gros dossier de cuir, ajusta ses lunettes sur son nez et commença sa lecture : « Je, soussignée Grace Cahill, saine de corps et d'esprit, répartis l'ensemble de mes biens entre ceux qui relèveront le défi et ceux qui le refuseront... »

– Hein ? le coupa Eisenhower Holt. Quel défi ? Qu'est-ce qu'elle raconte ?

– J'y viens, monsieur.

Maître MacIntyre s'éclaircit la voix avant de poursuivre :

– « Vous avez été choisis pour votre capacité à relever le défi le plus colossal, le plus périlleux, le plus lourd de responsabilités de toute l'histoire – une quête d'importance vitale pour la famille Cahill et le reste du monde. »

Quarante personnes prirent la parole en même temps, mitraillant le pauvre notaire de questions et réclamant des éclaircissements.

– Périlleux et lourd de responsabilités ? répéta cousine Ingrid. Qu'est-ce que ça signifie ?

– Je croyais qu'il était question d'argent ! s'écria oncle José. Une quête ? Elle se croit dans un film ou quoi ?

Dan remarqua que Ian et Natalie Kabra échangeaient un regard entendu. Irina Spasky murmura quelques mots à l'oreille d'Alistair Oh. Mais la plupart des autres personnes présentes dans la salle paraissaient aussi perplexes que lui.

– Je vous en prie, mesdames et messieurs. Si vous voulez bien regarder l'écran, Mme Cahill saura sans doute mieux vous expliquer que moi.

Le cœur du garçon battait à tout rompre. Qu'est-ce que ce notaire racontait ?

Un projecteur accroché au plafond se mit alors à bourdonner. Le silence se fit dans la salle tandis que Grace apparaissait à l'écran.

Elle était assise dans son lit avec Saladin sur les genoux. Elle portait une robe de chambre noire, comme si elle assistait à son propre enterrement, mais elle avait l'air en meilleure santé que ces derniers temps. Elle avait les joues roses. Ses mains étaient moins ridées et son visage moins creux. Cette vidéo avait dû être tournée il y a des mois, avant que son cancer ne s'aggrave. Dan avala sa salive. Il avait une furieuse envie de crier : « Grace, c'est moi ! Dan ! » Mais ce n'était qu'une image. Il jeta un regard à sa sœur et vit une larme rouler sur sa joue.

– Chers Cahill, commença Grace, si vous regardez ce film, c'est que je ne suis plus de ce monde et que j'ai finalement choisi la seconde version de mon testament. J'imagine que les discussions vont bon train et que vous bombardez ce pauvre maître MacIntyre de questions au sujet de ce défi que je vous ai lancé.

Elle adressa un sourire froid à la caméra.

– Vous n'en faites toujours qu'à votre tête. Eh bien, pour une fois, je vous demande de vous taire et d'écouter.

– Hé, dis donc…, protesta Eisenhower Holt.

Mais sa femme le retint.

– Il ne s'agit pas d'une plaisanterie, poursuivait Grace. C'est une affaire des plus sérieuses. La plupart d'entre vous savent qu'ils sont apparentés aux Cahill, mais ne mesurent peut-être pas le rôle capital que joue cette famille au sein de notre monde. Je peux vous assurer que les Cahill ont eu un plus gros impact sur la civilisation que n'importe quelle autre lignée dans toute l'histoire.

Des exclamations de perplexité retentirent à nouveau. Irina Spasky se leva en ordonnant :

– Silence ! J'aimerais entendre !

– Chers cousins, disait Grace, vous êtes sur le point de relever notre ultime défi. Chacun d'entre vous possède les qualités nécessaires pour réussir. Certains vont sans doute décider de s'associer à d'autres personnes présentes dans cette pièce. D'autres préféreront se lancer seuls. La plupart, j'en ai peur, déclineront ma proposition et s'enfuiront, effrayés. Car une seule équipe l'emportera. Et tous ceux qui souhaitent participer doivent sacrifier leur part d'héritage.

Elle brandit une enveloppe en kraft fermée par un sceau de cire rouge. Ses yeux étincelaient d'un éclat froid et métallique.

– Si vous acceptez, vous vous verrez remettre la première des 39 clés. Ces clés vous permettront de découvrir un secret qui fera de vous la personne la plus influente et la plus puissante de la planète. Grâce à vous, la famille Cahill aura accompli son destin. Je vous prie maintenant d'écouter maître MacIntyre avec attention. Laissez-le vous expliquer les règles. Et surtout réfléchissez bien avant de prendre votre décision.

Elle regarda la caméra en face. Dan aurait tellement voulu qu'elle ajoute un petit mot gentil à leur attention. Du genre : « Dan et Amy, c'est vous qui me manquerez le plus. Je me fiche des autres. »

Mais elle conclut en disant :

– Je compte sur vous tous. Adieu et bonne chance !

L'écran devint noir. Amy prit la main de son frère. Elle tremblait. C'était comme s'ils venaient de perdre leur grand-mère une seconde fois. Puis, autour d'eux, tout le monde se mit à parler en même temps.

– Qu'est-ce qu'elle raconte ? s'emporta leur cousine Ingrid. Elle est complètement folle !

– Elle nous a dit de nous taire ! rugit Eisenhower Holt. Pour qui elle se prend ?

– William !

La voix d'Alistair Oh couvrit les autres :

– Une minute, je vous prie. Il y a des personnes dans cette pièce que je n'ai jamais vues, qui ne font peut-être même pas partie de la famille. Comment savoir…

– Si vous vous trouvez ici, monsieur, répondit le notaire, c'est que vous êtes de la famille. Que vous portiez le nom de Cahill ou non, peu importe. Dans cette salle, tout le monde a du sang de Cahill dans les veines.

– Même vous, maître MacIntyre ? demanda Natalie Kabra avec son doucereux accent britannique.

Le vieux notaire rougit.

– Ce n'est pas la question, mademoiselle. Bien, si vous me le permettez, j'aimerais reprendre…

– Mais qu'entend-elle par « sacrifier notre part d'héritage » ? se plaignit tante Béatrice. Où est l'argent ? Encore une fantaisie de ma sœur !

– Madame, intervint maître MacIntyre, vous avez le droit de refuser de participer. Dans ce cas, vous recevrez ce qui se trouve sous votre chaise.

Aussitôt, quarante personnes glissèrent la main sous leur siège. Dans sa hâte, Eisenhower Holt souleva une de ses filles en même temps que sa chaise. Dan découvrit une enveloppe scotchée. Il y trouva un bout de papier vert couvert de chiffres, portant l'intitulé BANQUE ROYALE D'ÉCOSSE. Pareil pour Amy. Et pour tous les autres.

– Vous tenez entre vos mains un chèque de banque, expliqua maître MacIntyre. Il ne sera activé que si vous renoncez au défi. Si tel est votre choix, vous ressortirez de cette pièce avec un million de dollars en poche et n'entendrez plus jamais parler de Grace Cahill. Ou bien vous pouvez choisir d'obtenir la première clé du mystère : un unique indice qui sera votre seul héritage. Pas d'argent. Pas de patrimoine. Juste un indice qui pourra vous conduire à un trésor d'une valeur inestimable et vous conférer une puissance inimaginable...

Dan eut l'impression que les yeux gris du notaire se fixaient sur lui en particulier.

– ... ou bien vous tuer. Un million de dollars ou la première clé. Vous avez cinq minutes pour décider.

3. Cinq minutes pour décider

Amy Cahill était convaincue d'avoir le petit frère le plus pénible du monde. Et c'était avant de frôler la mort à cause de lui.

Tout avait commencé lorsque maître MacIntyre leur avait lu le testament de leur grand-mère, puis leur avait montré sa petite vidéo.

Amy était sous le choc. Elle avait entre les mains un bout de papier qui valait un million de dollars. Qu'est-ce que c'était que cette histoire ? Un défi ? Un dangereux secret ? Elle fixait l'écran blanc sans comprendre. Comment leur grand-mère avait-elle pu leur faire un coup pareil ? Ce film avait dû être tourné il y a des mois, à en juger par son état. Voir Grace s'adresser à eux ainsi avait ravivé sa douleur. Comment avait-elle pu échafauder un plan de cette envergure sans jamais leur en avoir parlé ?

Amy ne s'attendait pas à hériter de grand-chose. Tout ce qu'elle voulait, c'était garder un objet qui lui rappelle Grace, un souvenir, peut-être l'un de ses magnifiques bijoux. Mais là... elle se sentait complètement perdue.

Et le fait que Dan sautille sur place comme s'il avait une envie pressante n'arrangeait rien.

– Un million de dollars ! répétait-il. Je pourrais m'acheter des cartes de base-ball super rares.

Il avait la cravate de travers et un sourire dément. Avec sa cicatrice sous l'œil (souvenir d'une chute sur son fusil AK-47 en plastique lors d'un entraînement de commando à l'âge de sept ans), il avait l'air d'un vrai diable. Mais sa sœur lui en voulait surtout d'être aussi à l'aise au milieu de tout ce monde. Ça ne le dérangeait pas.

Elle détestait la foule. Elle avait l'impression que tous les regards étaient rivés sur elle, critiques ou moqueurs. Dans son pire cauchemar, elle se trouvait au fond d'une fosse et les gens sur le bord la fixaient en riant. Impossible de s'échapper, malgré ses efforts.

À ce moment précis, elle n'avait qu'une seule envie : s'enfermer dans la bibliothèque pour se plonger dans un bon livre avec Saladin sur les genoux. Mais Grace n'était plus là et qui sait où ce pauvre chat était passé. Amy ravala ses larmes, en pensant à la dernière fois qu'elle avait vu sa grand-mère.

« Je sais que tu ne me décevras pas, Amy », avait-elle affirmé.

Elles étaient assises sur le grand lit à baldaquin et le mau égyptien ronronnait, blotti entre elles. Grace lui avait montré une carte d'Afrique dessinée à la main et lui avait raconté ses tribulations de jeune exploratrice. Elle avait beau être frêle et amaigrie, ses yeux brillaient toujours du même éclat. Le soleil faisait étinceler sa chevelure argentée.

« Il m'est arrivé de nombreuses aventures, ma chérie, mais ce n'est rien comparé à ce qui t'attend. »

Amy avait une terrible envie de pleurer. Comment Grace pouvait-elle croire que sa petite-fille serait une aventurière, elle qui avait déjà du mal à trouver le courage d'aller au collège chaque matin ?

Dan continuait à rêver tout haut :

– Je pourrais m'acheter un sabre ninja. Ou une épée de la guerre de Sécession !

– Tais-toi ! Ce n'est pas le moment de plaisanter.

– Mais l'héritage…

– Écoute, si on prend l'argent, il faudra le garder pour nos études et tout ça. Tu connais tante Béatrice.

Il fronça les sourcils comme s'il avait oublié ce détail. Il savait pourtant que leur grand-tante ne s'occupait d'eux que parce que sa sœur l'avait exigé. À la mort de leurs parents, Amy avait espéré que Grace les adopterait. Seulement, pour des raisons qui lui échappaient, elle avait poussé Béatrice à devenir leur tutrice.

Selon le bon vouloir de celle-ci, Dan et Amy avaient passé les sept dernières années dans un minuscule appartement et vu défiler une multitude de jeunes filles au pair. Leur grand-tante payait tous les frais en se limitant au strict nécessaire. Ils avaient assez à manger et de quoi s'acheter des vêtements neufs tous les six mois, point. Pas de cadeaux d'anniversaire. Pas le moindre extra. Pas d'argent de poche. Amy ne pouvait jamais s'offrir de livres, par exemple. Elle les empruntait à la bibliothèque ou les lisait dans un coin d'une librairie d'occasion de Boyslon, où les vendeurs la connaissaient bien. Dan gagnait un peu d'argent en échangeant ses cartes de collection, mais pas grand-chose.

Du lundi au vendredi, durant sept longues années, Amy en avait voulu à sa grand-mère de ne pas les élever elle-même. Lorsqu'ils venaient au manoir le week-end, sa colère s'évanouissait. Grace leur accordait toute son attention. Elle les traitait comme si personne au monde n'était plus important à ses yeux. Et chaque fois qu'Amy s'était risquée à demander pourquoi ils ne pouvaient pas rester auprès d'elle, elle avait eu un sourire las. « J'ai mes raisons. Un jour, tu comprendras. »

Et maintenant elle n'était plus là. Amy ignorait ce que tante Béatrice comptait faire, mais cet argent leur serait bien utile. Cela leur permettrait d'être plus indépendants. Ils pourraient peut-être louer un grand appartement, s'acheter des livres et faire leurs études à l'université. Amy rêvait de s'inscrire à Harvard, en histoire et archéologie. Ça aurait fait plaisir à sa mère.

Enfin... elle l'espérait. Elle savait si peu de choses au sujet de ses parents. Elle ignorait même pourquoi Dan et elle portaient le nom de jeune fille de leur mère – Cahill – plutôt que celui de leur père, Trent. Elle avait posé la question à Grace un jour, mais, comme d'habitude, elle s'était contentée de sourire en affirmant : « Parce que vos parents l'ont voulu ainsi. » Il y avait cependant une telle fierté dans sa voix qu'Amy s'était demandé si l'idée ne venait pas d'elle, en réalité.

Elle n'arrivait même pas à se rappeler précisément le visage de sa mère ni aucun détail précis concernant ses parents. Elle ne se souvenait que de cette nuit terrible où ils avaient trouvé la mort et c'était justement ce qu'elle aurait préféré oublier.

– O.K., reprit Dan. Moi, je dépenserai mon million pour ma collection. Toi pour tes études. Comme ça, tout le monde sera content.

Amy avait la nausée. Autour d'elle, les gens s'énervaient, criaient, se disputaient. On aurait dit que les Holt répétaient une manœuvre de combat. Sinead Starling avait dû s'interposer entre ses frères, Ned et Ted, pour éviter qu'ils ne s'entretuent. Irina Spasky invectivait en russe le gamin de la télé, Jonah Wizard, et son père. Et vu la tête qu'ils faisaient, ils ne devaient pas comprendre un mot de ce qu'elle racontait. Des cris furieux montaient ainsi des quatre coins du grand hall. Les héritiers avaient l'air prêts à s'étriper pour la moindre petite cuillère. La mort de Grace Cahill leur importait peu.

Puis quelqu'un glissa à l'oreille d'Amy :

– Vous allez refuser de participer, je suppose.

C'était Ian Kabra et sa peste de sœur, Natalie. Le cœur d'Amy manqua un battement. Il faut dire qu'il était incroyablement beau avec sa peau mate, ses yeux d'ambre et son sourire éclatant. Il avait quatorze ans, comme elle, mais il portait un costume d'adulte et une cravate en soie. Et il dégageait une agréable odeur épicée, Amy ne put s'empêcher de le remarquer.

– Ce serait dommage qu'il vous arrive quelque chose, poursuivit-il d'une voix enjôleuse. Et puis, vous avez tellement besoin de cet argent.

Natalie porta la main à sa bouche, feignant la surprise. Elle avait l'air d'une poupée dans sa robe de satin noir, ses longs cheveux bruns ramenés sur une épaule.

– Oh, c'est vrai, Ian ! Ils sont pauvres. J'oublie toujours. C'est fou qu'on soit de la même famille !

Amy se sentit rougir. Elle aurait voulu lancer une réplique cinglante. Hélas ! pas un son ne sortit de sa bouche.

– Justement, on n'est sûrement pas de la même famille ! rétorqua Dan. Vous devez être des extraterrestres mutants parce que, ici, les ados ne se déguisent pas en pingouins pour parcourir le monde en jet privé.

Ian sourit.

– Nous nous sommes mal compris, cher cousin. Nous sommes très heureux pour vous. Au contraire, empochez l'argent, menez la belle vie et oubliez-nous !

– G-G-Grace, bégaya Amy, furieuse que ses lèvres refusent de lui obéir. G-G-Grace aurait voulu...

– Que vous risquiez votre vie ? compléta Ian. Comment pouvez-vous le savoir ? Elle vous avait parlé de ce qu'elle complotait ?

Dan et Amy restèrent muets.

– Je comprends. Ce doit être terrible... vous pensiez être ses chouchous. Finalement, vous ne comptiez peut-être pas tant que ça à ses yeux, hein ?

– Enfin, Ian, intervint Natalie, Grace a simplement dû estimer qu'ils n'étaient pas de taille à relever le défi. C'est très risqué.

Elle adressa un sourire mielleux à Amy.

– Nous serions navrés de vous voir mourir dans d'atroces souffrances. Pas vrai, Ian ? *Ciao !*

Les Kabra se fondirent dans la foule.

– *Ciao !* se moqua Dan. Quelle bande de nazes !

Amy aurait voulu leur casser une chaise sur le crâne, mais elle se sentait tout juste la force de filer se cacher dans un trou de souris. Dire qu'elle n'avait pas réussi à articuler une phrase complète !

– Ils vont choisir la chasse au trésor, murmura-t-elle.

– Ouais, et alors ? répliqua son frère. Deux millions de plus ou de moins, pour eux, ça ne change rien. Ils peuvent se permettre de refuser l'argent.

– Ils ont essayé de nous impressionner pour nous décourager.

– Avec un peu de chance, ce seront eux qui mourront dans d'atroces souffrances, déclara Dan. Je me demande tout de même ce que c'est, ce trésor.

– Qu'est-ce que ça peut faire ? répliqua Amy d'un ton amer. On ne peut pas participer, on n'a pas de quoi se payer un ticket de bus.

Pourtant, elle aurait aimé savoir, elle aussi. Et s'il s'agissait d'une tombe égyptienne encore enfouie sous le sable... ou d'un butin caché par des pirates ? Maître MacIntyre avait affirmé que cette découverte ferait des vainqueurs les êtres les plus puissants du monde. Qu'est-ce qui pouvait bien abriter un tel pouvoir ? Et pourquoi y avait-il précisément 39 clés, pas une de plus ou de moins ?

Tout cela l'intriguait malgré elle. Elle adorait les énigmes. Quand elle était petite, elle s'imaginait que sa mère était encore vivante et qu'elle l'accompagnait sur ses chantiers de fouilles archéologiques. Parfois, Grace venait aussi et elles parcouraient le monde, toutes les trois. Sauf que ce n'était que des rêveries de gamine.

– Dommage, marmonna Dan, j'aurais bien aimé leur donner une leçon...

Juste à ce moment-là, tante Béatrice les agrippa chacun par un bras. La fureur déformait ses traits et son haleine sentait la naphtaline.

– Pas d'idioties, vous deux ! gronda-t-elle. J'ai la ferme intention d'encaisser mon million de dollars et vous allez faire pareil. Ne vous inquiétez pas, je bloquerai l'argent sur un compte jusqu'à votre majorité. Je ne dépenserai que les intérêts. En échange, je consens à rester votre tutrice.

Amy faillit étouffer de rage. Elle s'écria :

– Vous *consentez* à rester notre tutrice ? Vous *consentez* à empocher nos deux millions de dollars ?

Elle n'en revenait pas d'avoir osé lui répliquer. D'habitude, tante Béatrice la paralysait complètement. Même Dan semblait impressionné.

– Ne sois pas insolente, jeune fille ! siffla Béatrice. Vous avez intérêt à vous montrer raisonnables ou sinon...

– Ou sinon quoi ? demanda innocemment Dan.

Leur tante devint écarlate.

– Ou sinon je vous renie et je vous abandonne aux services sociaux, petits morveux ! Vous serez des orphelins sans le sou et je m'assurerai qu'aucun membre de la famille Cahill ne vous aide, je vous le promets ! Toute cette histoire est ridicule. Vous allez prendre cet argent et oublier le projet délirant de ma sœur pour trouver…

Elle s'arrêta brusquement.

– Trouver quoi ? insista Dan.

– Peu importe, répliqua Béatrice.

Amy comprit alors que leur tante était terrorisée.

– Faites le bon choix ou je me lave les mains de ce qui vous arrive ! menaça-t-elle.

Et sur ces mots, elle s'éloigna à grands pas. Amy se tourna vers son frère, mais, avant qu'elle ait pu ouvrir la bouche, maître MacIntyre agita une clochette. Petit à petit, le calme revint dans le grand hall, les gens arrêtèrent de se quereller et se rassirent.

– Le temps de réflexion est écoulé, annonça le notaire. Je dois vous avertir que, une fois votre décision prise, elle est irréversible. Vous ne pourrez pas changer d'avis.

– Attendez, William, intervint Alistair Oh. Ce n'est pas juste. Nous avons si peu d'informations ! Comment pouvons-nous juger si le jeu en vaut la chandelle ?

Maître MacIntyre pinça les lèvres.

– Je ne puis guère vous donner de précisions, monsieur. Vous savez que la famille Cahill est très étendue… très ancienne. Et possède de nombreuses branches. Jusqu'à aujourd'hui, certains d'entre vous ne réalisaient peut-être pas qu'ils en faisaient partie. Mais comme Grace vous l'a indiqué dans sa vidéo, cette famille a joué un rôle fondateur pour notre civilisation. On compte de nombreux Cahill parmi les plus importants personnages historiques.

Un murmure admiratif parcourut l'assistance.

L'esprit d'Amy s'emballait. Elle avait toujours su que les Cahill étaient influents. Et très riches. Ils vivaient aux quatre coins du monde. Enfin, tout de même... un rôle fondateur pour notre civilisation ? Elle n'était pas sûre de suivre maître MacIntyre.

– Des personnages historiques ? tonna M. Holt. Qui par exemple ?

Le notaire s'éclaircit la voix.

– Citez-moi des noms, je vous dirai si ces personnalités font oui ou non partie de la famille Cahill. Allez-y !

– Abraham Lincoln ? proposa cousine Ingrid. Éléonore Roosevelt ?

– Oui, répondit simplement William MacIntyre. Et oui.

Un silence abasourdi se fit dans la pièce.

– Harry Houdini[1] ? brailla Madison Holt.

– Lewis et Clark ? suggéra sa sœur, Reagan.

– Oui, oui et oui, répliqua maître MacIntyre.

– Oh, arrêtez ! intervint M. Holt. C'est impossible !

– Je suis d'accord, renchérit oncle José. Vous nous faites marcher, maître MacIntyre.

– Je suis extrêmement sérieux, assura le vieux notaire. Et pourtant, les exploits des précédents Cahill ne sont rien comparés au défi qui vous est lancé. Vous

––––––––––

1. C'est un célèbre magicien (NDT).

êtes sur le point de découvrir le plus grand secret de la famille et de devenir ses membres les plus influents... ou bien d'y laisser votre vie.

Amy avait un poids sur l'estomac, comme si elle avait avalé un boulet de canon. Elle avait du mal à croire qu'elle était apparentée à tous ces hommes et femmes célèbres... Comment Grace avait-elle pu s'imaginer qu'elle était de taille à les surpasser ? Elle en avait des sueurs froides rien que d'y penser. Jamais elle n'aurait le courage d'entreprendre une quête aussi dangereuse et insensée.

Mais s'ils ne relevaient pas le défi... Elle sentait encore la main de Béatrice crispée sur son bras alors qu'elle tentait de les convaincre de prendre leur part d'héritage. Leur tante trouverait forcément un moyen de leur voler leurs deux millions de dollars. Amy ne pourrait pas lui tenir tête. Ils resteraient dans leur petit appartement minable et rien ne changerait, sauf que Grace ne serait plus là. Plus de week-ends à la campagne pour respirer un peu, plus le moindre souvenir de leur grand-mère. Lorsque leurs parents étaient morts, Amy avait pensé que rien de pire ne pouvait leur arriver, jusqu'à aujourd'hui. Désormais, ils étaient complètement seuls. Le seul lien qui les rattachait au monde, c'était qu'ils faisaient partie de cette étrange lignée... qu'ils pouvaient relever ce mystérieux défi. Elle en avait les paumes toutes moites.

– Les indices vous mèneront pas à pas jusqu'au trésor, poursuivit maître MacIntyre, mais une seule personne...

Ses yeux s'attardèrent un instant sur Amy.

– ... ou une seule équipe l'atteindra. Je ne peux vous en dire davantage. Je ne sais pas moi-même où vous conduira cette quête. Mon rôle se résume à vous ouvrir la voie, à suivre votre progression et à vous fournir quelques menus conseils. Bien, qui a pris sa décision ?

Tante Béatrice se leva.

– C'est ridicule. Il faut être un sombre idiot pour prendre part à ce jeu insensé. Je choisis l'argent.

Maître MacIntyre acquiesça.

– Comme vous voulez, madame. Dès que vous aurez quitté cette pièce, votre chèque s'activera. Vous pourrez retirer votre dû à la Banque Royale d'Écosse quand vous le souhaiterez. À qui le tour ?

Plusieurs personnes se levèrent pour annoncer qu'elles prenaient le million de dollars. Oncle José. Cousine Ingrid. Et des dizaines d'autres qu'Amy ne connaissait pas. Ils emportèrent leur coupon vert et devinrent instantanément millionnaires.

Puis Ian et Natalie Kabra s'avancèrent.

– Nous relevons le défi, déclara Ian. Nous travaillerons tous les deux en équipe. Donnez-nous notre indice.

– Très bien, répondit maître MacIntyre. Vos chèques, je vous prie.

Ian et Natalie les lui tendirent. Le notaire sortit un briquet en argent et brûla les deux millions de dollars. En échange, il leur fournit une enveloppe en kraft close par un sceau de cire rouge.

– Votre premier indice. Attendez mon signal pour en prendre connaissance. Ian et Natalie Kabra, vous serez donc l'équipe numéro 1.

– Hé ! protesta M. Holt. Nous aussi, on va participer tous les cinq, on veut être l'équipe numéro 1 !

– Numéro 1 ! Numéro 1 ! scandèrent les enfants. Leur pitbull, Arnold, sautait et aboyait en cadence.

Le notaire leva la main pour réclamer le silence.

– Bien, monsieur Holt. Les chèques de toute la famille, s'il vous plaît. Vous serez l'équipe… enfin, je note que vous concourez ensemble.

Ils procédèrent à l'échange : cinq millions de dollars contre l'enveloppe contenant le premier indice. Les Holt ne cillèrent pas. Tandis qu'ils regagnaient leurs chaises en formation serrée, Reagan bouscula Amy en lui glissant à l'oreille :

– Qui ne risque rien n'a rien, mauviette.

Alistair Oh se leva en prenant appui sur sa canne.

– Bien, je ne peux pas résister. J'ai toujours aimé les mystères. Je serai la troisième équipe.

Les triplés Starling se ruèrent sur maître MacIntyre. Ils posèrent leurs chèques sur la table et regardèrent leurs trois millions de dollars partir en fumée.

– *Da*, fit Irina Spasky, je veux jouer aussi. Je travaille seule.

– Hé, attendez !

Jonah Wizard traversa la salle avec sa dégaine de rebelle, comme s'il était à la télé dans *Gangster Academy*, ce qui était assez risible sachant qu'il était milliardaire et habitait Beverly Hills.

– Rien à faire de ça, dit-il en faisant claquer son chèque sur la table. File-moi l'indice, mon pote.

– Nous aimerions filmer la chasse au trésor, avança son père.

– Non, répondit maître MacIntyre.

– Ça ferait une formidable émission, insista-t-il. Je pourrais demander qu'on vous verse un pour...

– Non, répéta le notaire. Ce n'est pas un jeu, monsieur. Les participants vont risquer leur vie.

Il scruta la salle et ses yeux se posèrent sur Amy.

– Qui d'autre ?

Elle se rendit compte que, avec son frère, ils étaient les seuls à ne pas encore avoir fait connaître leur décision. La plupart des quarante personnes présentes dans la salle avaient opté pour l'argent. Six équipes avaient relevé le défi. Et ils étaient tous plus âgés, plus riches... mieux armés pour la quête que Dan et elle. Tante Béatrice les fixait d'un regard menaçant, prête à les déshériter. Ian arborait son éternel sourire suffisant. Ses mots résonnaient encore à ses oreilles. « Finalement, vous ne comptiez peut-être pas tant que ça à ses yeux, hein ? » Tout comme la réponse de sa peste de sœur : « Grace a simplement dû estimer qu'ils n'étaient pas de taille à relever le défi. »

Amy était rouge de honte. Natalie avait peut-être raison... Quand les jumelles Holt avaient attrapé son frère par les pieds, elle ne l'avait même pas défendu. Lorsque les Kabra l'avaient insulté, elle était restée pétrifiée, incapable d'émettre le moindre son. Comment aurait-elle pu s'engager dans une quête aussi risquée ?

Soudain elle entendit une autre voix dans sa tête : « Je sais que tu ne me décevras pas, Amy. »

Elle comprit alors ce que Grace avait voulu dire. C'était ça, la grande aventure de sa vie. Si elle reculait, elle n'avait plus qu'à passer le restant de ses jours cachée dans un trou de souris.

Elle jeta un coup d'œil à son frère. Il avait beau être pénible, il leur avait toujours suffi d'un seul regard pour communiquer. Ce n'était pas de la télépathie, rien de magique ou de surnaturel. Elle savait juste ce que pensait son frère. Et vice versa.

« Ça fait beaucoup d'argent, fit-il valoir. De quoi acheter des tas de cartes de base-ball. »

« Papa et maman auraient voulu qu'on tente le coup, répondit-elle sans un mot. Et Grace aussi. »

« Oui, mais je pourrais m'acheter… »

« Ian et Natalie seraient dégoûtés, insista-t-elle. Et tante Béatrice péterait un plomb. »

Un sourire se dessina sur les lèvres de son frère.

« Bon, je pourrais toujours m'acheter ce que je veux plus tard, j'imagine. »

Ils s'approchèrent ensemble du bureau de maître MacIntyre. Amy saisit son briquet, les deux chèques à la main.

– On est l'équipe numéro 7, annonça-t-elle tandis que leurs deux millions de dollars partaient en fumée.

4. La première clé

Dan avait la tête qui tournait, comme la fois où il avait vidé trois canettes de soda à la suite. Il avait du mal à croire qu'ils venaient de jeter autant d'argent par les fenêtres.

Depuis qu'il était petit, il rêvait de faire quelque chose dont ses parents pourraient être fiers. Ils étaient morts, il le savait. Mais quand même... Il se disait que s'il accomplissait un exploit – un truc encore plus fort que d'avoir une collection complète de cartes de base-ball ou d'accéder au titre de maître ninja –, ses parents l'apprendraient d'une façon ou d'une autre. Et ils seraient fiers. Ce défi pour devenir le plus grand Cahill de tous les temps était l'occasion idéale.

En plus, un trésor, ça faisait rêver. Et quel plaisir de voir tante Béatrice, violette de rage, sortir de la pièce en claquant la porte !

Désormais, il ne restait plus dans le grand hall que les sept équipes et maître MacIntyre.

Brisant un silence tendu, le vieux notaire déclara :

– Vous pouvez ouvrir vos enveloppes.

Schrik, schrik, schrik.

L'indice était imprimé en noir sur un carton beige.

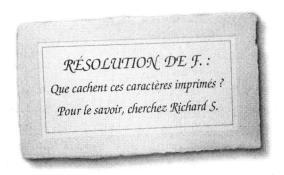

RÉSOLUTION DE J. :

Que cachent ces caractères imprimés ?

Pour le savoir, cherchez Richard S.

– C'est tout ? hurla Mary-Todd Holt. C'est tout ce qu'on a ?

– Quatorze mots, marmonna son mari. Ça fait...

Il compta sur ses doigts.

Alistair Oh vint à son secours :

– Environ trois cent cinquante mille dollars le mot, étant donné que vous avez laissé filer cinq millions de dollars. Moi, j'ai fait une affaire. J'ai payé soixante-dix mille dollars le mot.

– C'est idiot ! décréta Madison. On ne peut pas débuter nos recherches avec si peu d'informations !

– Richard S., murmura Ian. Qui ça peut bien être ?

Il échangea un regard complice avec sa sœur et ils sourirent d'un air narquois. Dan avait très envie de les étrangler.

– Une petite minute, fit le père de Jonah Wizard en fronçant les sourcils. Tout le monde a eu le même indice ? Mon fils a toujours l'exclusivité, c'est dans son contrat.

– Les 39 clés vous ouvrent la voie menant à votre but. Elles sont identiques pour tous. La première, que vous venez de découvrir, est d'une simplicité désarmante par rapport aux suivantes.

– Vous appelez ça simple ? s'étonna Alistair Oh. Je n'ose pas imaginer les autres, alors !

– Cependant, vous pourrez emprunter des voies différentes pour obtenir chacune des clés. Différents indices vous guideront en chemin, des sous-indices menant aux indices principaux, si vous voulez.

– Ça y est, j'ai mal à la tête, soupira Sinead Starling.

– Vous êtes libres de procéder comme bon vous semble, ajouta maître MacIntyre. Mais n'oubliez pas : vous poursuivez tous le même but et une seule équipe l'atteindra. À vous d'être les plus rapides.

Irina Spasky plia son indice, le glissa dans son sac à main et sortit du hall.

Alistair Oh fit la grimace.

– On dirait que notre cousine Irina a une piste...

Les triplés Starling se collèrent front contre front. Puis brusquement comme s'ils venaient d'avoir un éclair de génie, ils se relevèrent, en renversant leurs chaises, et se ruèrent dehors.

Le père de Jonah Wizard prit son fils à l'écart. Après une discussion mouvementée, il pianota sur son téléphone ultraperfectionné.

– On décolle ! fit Jonah. À plus, les nuls !

Et ils s'en furent.

Trois équipes avaient déjà quitté la pièce et Dan n'avait toujours pas la moindre idée de ce que cet indice pouvait signifier.

– Bien...

Ian Kabra s'étira paresseusement comme s'il avait tout son temps.

– Tu es prête, ma chère sœur ?

Natalie sourit.

– Prête à ridiculiser nos cousins américains ? Quand tu veux.

Dan essaya de leur faire un croche-patte au passage, mais ils se contentèrent d'enjamber son pied en l'ignorant royalement.

– À mon commandement ! ordonna M. Holt. En avant, marche !

Les Holt se levèrent d'un bond. Leur pitbull, véritable boule de muscles sur pattes, sautait en l'air en aboyant comme s'il voulait leur mordre le nez.

– Où on va, papa ? questionna Hamilton.

– Aucune idée, mais tous les autres s'en vont, alors on les suit !

Ils évacuèrent le grand hall en marchant au pas. Il ne restait donc plus que Dan, Amy, Alistair Oh et William MacIntyre dans la pièce.

– Ah là là ! soupira Alistair.

Dan trouvait que son costume et sa cravate noirs lui donnaient l'air d'un majordome. Mais un majordome avec un secret, que trahissaient ses yeux pétillants.

– Je vais faire un tour dans le parc pour réfléchir.

Dan était content de le voir partir. Il avait beau être le plus sympathique de tous, c'était un adversaire quand même.

Le jeune garçon se pencha de nouveau sur le carton beige, plus perplexe que jamais.

– « Résolution de F. Cherchez Richard S. » Je n'y comprends rien.

– Je ne peux pas vous aider, fit maître MacIntyre en esquissant un sourire. Mais votre grand-mère aurait été heureuse de savoir que vous releviez le défi.

Amy secoua la tête.

– Nous n'avons aucune chance ! Les Kabra et les Starling sont riches à millions. Jonah Wizard, n'en parlons pas et, en plus, il est célèbre. Les Holt sont des monstres survitaminés. Alistair et Irina ont l'air... je ne sais pas, en tout cas, ils ont beaucoup plus d'expérience que nous. Dan et moi, on...

– Vous possédez d'autres talents, affirma maître MacIntyre, vous allez vite le découvrir.

Dan relut l'indice. Il pensait à ses cartes de base-ball, aux lettres, aux autographes.

– Bon, on est censés trouver un certain Richard, conclut-il. Pourquoi son nom de famille serait un simple S ?

Amy plissa le front.

– Attends ! Je me souviens avoir lu que, au XVIIIe siècle, les gens signaient de leur seule initiale pour masquer leur identité.

– Hum ! fit Dan. Alors si je dis un truc du genre « A. a une tronche de babouin », personne ne saura de qui je parle ?

Sa sœur lui donna une tape sur la tête.

– Ouille !

– Les enfants, intervint maître MacIntyre, vous avez déjà assez d'ennemis comme ça ! Pas la peine d'en rajouter en vous disputant. De plus…

Il consulta sa montre à gousset.

– … le temps nous est compté et j'ai quelque chose d'important à vous dire. Votre grand-mère y tenait beaucoup.

– Un petit coup de pouce ? suggéra Dan, plein d'espoir.

– Un avertissement, mon garçon. J'ignore si vous le savez, mais la famille Cahill se divise en quatre branches.

Amy se redressa soudain.

– Je me souviens ! Grace m'en a déjà parlé.

– Quand ça ? demanda Dan, sourcils froncés.

– Un après-midi, dans la bibliothèque…

– Elle ne m'a rien dit !

– Peut-être que si, mais tu n'as pas écouté. Il y a quatre clans : les Ekaterina, les Janus, les… euh, Tomas et les Lucian.

– Et nous, on est quoi ? voulut savoir Dan.

– Aucune idée. Elle a juste cité ces quatre noms, elle n'a pas précisé à quelle branche on appartenait.

Elle se tourna vers le notaire, l'air interrogateur.

– Je crains de ne pouvoir vous renseigner, soupira maître MacIntyre.

À son ton, Dan devina qu'il leur cachait quelque chose.

– Cependant, sachez qu'il existe un cinquième camp, reprit-il. Il ne s'agit pas d'une branche de la famille Cahill, mais d'un groupe qui pourrait vous mettre des bâtons dans les roues.

– Des ninjas ? suggéra Dan, tout excité.

– Encore plus dangereux ! Je n'ai guère d'informations à leur sujet. Juste quelques histoires des plus troublantes. En tout cas, soyez sur vos gardes. Votre grand-mère m'a fait promettre de vous prévenir si vous décidiez de participer à la chasse au trésor : méfiez-vous des Madrigal.

Dan sentit un frisson le parcourir. Ce nom, Madrigal, ne lui disait rien qui vaille.

– Mais, maître MacIntyre, qui...

– Mon garçon, je ne peux pas vous aider, affirma le vieil homme. J'ai déjà enfreint le règlement en vous informant de tout cela. Jurez-moi simplement de ne faire confiance à personne. Pour votre sécurité.

– On ne sait même pas par où commencer ! protesta Amy. Tous les autres ont filé avec une idée en tête, visiblement. Aiguillez-nous un peu !

Maître MacIntyre se leva en fermant son dossier de cuir.

– Je dois retourner dans mon bureau. Vous trouverez la piste, j'en suis sûr. Comment procédez-vous quand vous cherchez un renseignement, d'habitude ?

– Je regarde dans un livre...

Amy sursauta.

– La bibliothèque ! Les livres de Grace !

Et elle partit en courant. En principe, Dan traînait toujours des pieds pour aller à la bibliothèque. Cette fois-ci, il ne se fit pas prier.

La bibliothèque, une sorte de petit salon aux étagères chargées de livres, jouxtait la chambre de Grace. C'était étrange de se retrouver là, alors que leur grand-mère était morte dans la pièce voisine. Dan s'était figuré que les fenêtres seraient drapées de noir et les meubles couverts de housses, comme dans les films, mais la bibliothèque était dans l'état où il l'avait toujours connue, claire et agréable.

Ça le gênait. Maintenant que Grace les avait quittés, la demeure aurait dû être sombre et triste, pour s'accorder à leur humeur. Un jour, elle l'avait surpris en train de jouer avec un poignard en pierre qu'il avait pris dans un meuble vitré. Au lieu de se mettre en colère, elle s'était accroupie à côté de lui. « Ce poignard vient de Tenochtitlán, lui avait-elle expliqué. Les guerriers aztèques l'utilisaient pour les sacrifices rituels. Ils tranchaient les parties du corps de leurs ennemis qui, selon eux, abritaient leur âme et leur esprit combatif. » Elle lui avait montré comme la lame était aiguisée, puis l'avait laissé tranquille. Elle ne lui avait pas recommandé de faire attention. Elle ne lui en avait pas voulu d'avoir ouvert la vitrine. Elle avait réagi comme si la curiosité de Dan était parfaitement normale, et même louable.

Il ne s'était jamais senti aussi bien compris par un adulte. Il avait l'impression qu'on l'avait amputé d'une partie de son âme, lui aussi, maintenant que Grace était morte. Amy furetait dans la bibliothèque. Il aurait voulu l'aider, mais n'ayant aucune idée de ce qu'ils cherchaient, il se déconcentra rapidement. Il fit tournoyer un vieux globe dans les teintes marron pile de la bonne taille pour jouer au bowling. C'est alors que ses yeux s'arrêtèrent sur un détail qu'il n'avait jamais remarqué : une signature tout en bas de l'océan Pacifique.

« Grace Cahill, 1964. »

– Pourquoi Grace a-t-elle dédicacé ce globe ? s'étonna-t-il.

Amy lui jeta à peine un regard en répliquant :

– Elle était cartographe. Elle a exploré de nombreuses régions et les a représentées sous forme de cartes ou de planisphères. C'est elle qui a dessiné cette mappemonde.

– Comment tu le sais ?

Sa sœur leva les yeux au ciel.

– Parce que j'écoutais ce qu'elle me racontait, moi !

– Mm. Et où est-elle allée alors ?

Une voix d'homme répondit :

– Partout.

Alistair Oh se tenait dans l'encadrement de la porte, le sourire aux lèvres.

– Votre grand-mère a voyagé sur tous les continents, Dan. À vingt-cinq ans, elle parlait déjà couramment six langues, savait manier la lance, le boomerang et le fusil, et pouvait se repérer dans toutes les grandes villes du monde. Elle connaissait Séoul mieux que moi, et pourtant j'y suis né. Pour des raisons que j'ignore, elle est revenue s'installer dans le Massachusetts. C'était une femme mystérieuse, notre Grace.

Dan aurait bien aimé le questionner sur cette histoire de boomerang. C'était trop cool ! Cependant, Amy s'écarta soudain de l'étagère, écarlate.

– A-A-Alistair, bafouilla-t-elle, que voulez-vous ?

– Oh, ne vous interrompez pas pour moi. Je ne veux pas vous gêner.

– Euh… il n'y a rien d'intéressant ici, marmonnat-elle. J'espérais… je ne sais pas. Trouver quelque chose que je n'avais jamais remarqué, mais j'ai déjà lu la plupart de ces ouvrages. Il n'y en a pas tant que ça, et aucun ne mentionne un Richard S.

– Mes chers enfants, puis-je vous faire une suggestion ? Je vous propose de conclure une alliance.

Dan le dévisagea, méfiant.

– Pourquoi voudriez-vous faire équipe avec deux gamins ?

Le vieil homme pouffa.

– Vous êtes jeunes, vifs d'esprit et vous avez un œil neuf. Quant à moi, je possède l'expérience de l'âge ainsi qu'une fortune confortable. Je ne suis sans doute pas le Cahill le plus célèbre, mais j'ai apporté à ma manière ma contribution à notre société. J'ai fait fortune grâce à mes inventions. Avez-vous déjà goûté les tacos à passer au micro-ondes ?

– Waouh, une vraie révolution culinaire ! ironisa Dan.

– Merci, merci. Le fait est que je dispose de gros moyens financiers. Vous ne pourrez pas parcourir le monde tout seuls. Vous avez besoin d'un adulte pour vous chaperonner.

Parcourir le monde ? Dan n'avait pas pensé à ça. L'an dernier, il avait été privé de sortie à New York parce qu'il avait diffusé une caricature de son prof d'espagnol sur Internet. Il n'avait jamais quitté la Pennsylvanie. L'idée que cette chasse au trésor puisse les mener aux quatre coins du monde lui donnait le vertige.

– Mais... on n'a pas le droit de s'entraider, fit valoir Amy. C'est chacun pour soi.

– Une seule équipe l'emportera, certes, convint Alistair, mais nous en avons pour des semaines, voire des mois. En attendant, nous pourrions collaborer. Nous sommes de la même famille, après tout.

– O.K., fit Dan. Allez-y, donnez-nous un coup de main. On n'a rien trouvé sur Richard S. ici. Vous avez une idée ?

Alistair tapota le sol du bout de sa canne.

– Grace avait de nombreux secrets. Et elle adorait les livres. Et tu as raison, Amy. Il n'y en a pas beaucoup dans cette pièce.

– Vous pensez qu'elle en avait d'autres ?

La jeune fille s'interrompit et porta la main à ses lèvres.

– Il y aurait une... une bibliothèque cachée ?

Alistair haussa les épaules.

– Ce manoir est immense. On n'a qu'à se séparer...

Le regard de Dan s'arrêta alors sur un de ces détails infimes qui retenaient souvent son attention.

Juste au-dessus de l'étagère, le mur était orné d'une moulure en plâtre semblable à celle qui surmontait la porte du manoir, un blason portant la lettre C encadré par quatre écussons plus petits : un dragon, un ours, un loup et deux serpents entortillés autour d'une épée. Il avait dû le voir des millions de fois, pourtant il n'avait jamais remarqué qu'au centre de chacun s'inscrivait également une initiale : E, T, J et L.

Il entreprit d'escalader l'étagère, provoquant la chute de plusieurs livres et bibelots.

– Qu'est-ce que tu fabriques, Dan ! protesta Amy. Tu vas encore tomber et te casser quelque chose !

Mais le garçon était arrivé à la hauteur de la moulure. Les lettres étaient un peu plus foncées que le reste, comme si elles avaient été fréquemment touchées.

– Ekaterina, dit-il en enfonçant le E. Tomas, Lucian, Janus.

Lorsqu'il appuya sur la dernière lettre, l'étagère entière pivota. Il dut sauter à terre pour ne pas se retrouver pris en sandwich.

Ils découvrirent alors un escalier qui s'enfonçait dans l'obscurité.

– Un passage secret ! s'exclama oncle Alistair. Bien joué, Dan.

– C'est peut-être dangereux, murmura Amy.

– Tu as raison, acquiesça son frère. Les dames, d'abord.

5. Au milieu des flammes

Amy aurait aimé passer sa vie dans cette bibliothèque secrète. Au lieu de ça, elle faillit y trouver la mort.

Elle descendit l'escalier la première et, arrivée en bas, se figea net en découvrant tous ces livres. Il y en avait à perte de vue. Il s'agissait d'une vraie bibliothèque à l'ancienne, avec des étagères en bois foncé, des ouvrages reliés en cuir, au titre gravé en lettres d'or, d'épais tapis orientaux et de confortables fauteuils disséminés au hasard des allées, invitant le visiteur à s'installer pour se plonger dans un livre. D'immenses cartes et des documents de grande taille étaient exposés sur des tables prévues à cet effet. De nombreux casiers en chêne ciré étaient alignés contre un mur, entourant un énorme ordinateur raccordé à trois écrans, le genre d'engin monstrueux qu'on imaginait dans un laboratoire de la Nasa. Des lustres en verre pendant du plafond voûté donnaient une lumière chaleureuse. La pièce était remarquablement claire. Pourtant elle devait se trouver en sous-sol, car ils avaient descendu de nombreuses marches et il n'y avait pas la moindre fenêtre.

– C'est incroyable, comme endroit ! s'extasia Amy.

– Ouais. Des livres, encore des livres, marmonna Dan.

Il fonça sur l'ordinateur, mais ne put accéder au système faute de connaître le mot de passe. Il tira quelques tiroirs pour consulter les fiches, hélas, ils étaient tous verrouillés.

Oncle Alistair sortit avec précaution un volume rouge des étagères.

– C'est du latin. *La guerre des Gaules,* de César, copiée sur du papier vélin par un scribe au... XVIe siècle !

– Ça doit valoir une fortune, commenta Amy.

Son frère se montra subitement plus intéressé.

– On pourrait peut-être les vendre sur Internet ?

– Arrête, Dan ! Ça n'a pas de prix !

Elle fit courir son doigt sur les reliures en cuir. Machiavel, Melville, Milton...

– Ils sont classés par ordre alphabétique d'auteur. Il faut chercher les S !

Ce ne fut pas difficile à trouver. Malheureusement, leurs espoirs furent vite déçus. Il y en avait dix étagères bondées, du premier ouvrage de Shakespeare à l'intégrale des paroles de Bruce Springsteen, mais aucun auteur prénommé Richard.

– Pourtant, ça me dit quelque chose, murmura Amy.

« Richard S. », « résolution » et ce « F. »... Il y avait un lien, mais quoi ? C'était agaçant de ne pas arriver à se rappeler. Elle lisait tellement que, parfois, les textes se mélangeaient dans sa tête.

Elle jeta un coup d'œil dans l'allée. Tout au bout, blotti sur une petite table, sommeillait un vieil ami.

– Saladin !

Le chat ouvrit ses yeux verts en miaulant :

– *Mrraw !*

Il ne semblait pas vraiment surpris. Il avait l'air de dire : « Tiens, c'est toi ? Tu as pensé à mon filet de merlan ? »

Amy et Dan coururent le serrer dans leurs bras. Il était magnifique : son poil argenté tacheté de noir lui donnait l'air d'un mini-léopard. Enfin... pas si mini que ça, en fait. Il était même carrément costaud, avec ses énormes pattes et sa longue queue rayée.

– Qu'est-ce que tu fabriques là, Saladin ? demanda Amy en le caressant.

Il ferma les yeux et se mit à ronronner. Elle avait beau savoir que ce n'était qu'un chat, elle avait du mal à retenir ses larmes tant elle était heureuse de le voir. C'était comme si Grace était encore un peu avec eux.

– Hé, Saladin, fit Dan, sur quoi t'es couché, mon pote ?

– *Mrraw !* protesta le chat tandis qu'il le soulevait, découvrant une boîte en acajou.

Les initiales G.C. étaient gravées en lettres d'or sur le couvercle.

Le cœur d'Amy s'emballa.

– C'est le coffret à bijoux de Grace !

Il contenait en effet toutes les parures de sa grand-mère. Quand elle était petite, et pas encore consciente de leur valeur, Grace la laissait souvent jouer avec un bracelet de perles, une bague ornée d'un diamant, des boucles d'oreilles en émeraude. Elle ravala ses larmes. Maintenant qu'elle avait retrouvé Saladin et le coffret à bijoux, elle réalisait que sa grand-mère ne reviendrait plus. Elle lui manquait tellement !

C'est alors qu'elle tira un collier très familier de la boîte…

– Oh, mon Dieu ! souffla Alistair. C'était son pendentif préféré, n'est-ce pas ?

Il avait raison. Elle n'avait jamais vu sa grand-mère sans ce collier autour du cou : douze carrés de jade finement sculptés et imbriqués avec, au centre, un médaillon représentant un dragon. Grace disait qu'il portait bonheur.

Amy effleura le dragon du bout du doigt en songeant que sa grand-mère aurait dû être enterrée avec ce collier.

– Hé ! s'écria Dan. Regardez !

Sa sœur vint le rejoindre. Il était dans un coin, avec Saladin dans les bras, en train d'examiner une immense carte fixée au mur et couverte d'épingles à tête ronde, de cinq couleurs différentes : rouge, bleu, jaune, vert et blanc. Il y en avait au moins une dans chaque grande ville du monde. Dans certaines régions, on ne trouvait que des épingles rouges, dans d'autres que des vertes ou des bleues. Parfois, toutes les couleurs se côtoyaient.

– Elle faisait de la sorcellerie ou quoi ? s'étonna Dan.

– Mais non, crétin, répliqua sa sœur. Elles indiquent sûrement l'emplacement de quelque chose.

– De quoi ?

Elle secoua la tête. Cette carte lui donnait la chair de poule.

– Ça doit être en rapport avec la famille Cahill, suggéra-t-elle en se tournant vers Alistair.

Celui-ci fronça les sourcils.

– Aucune idée, jeune demoiselle. C'est très curieux...

Mais il évitait de la regarder dans les yeux et elle eut l'impression qu'il lui mentait.

– Tu as vu l'Europe ? fit Dan. Et la côte est ?

Elles étaient hérissées d'une multitude d'épingles de toutes les couleurs, à tel point qu'on distinguait à peine le nom des villes. Si ces épingles représentaient les membres de la famille Cahill, il était évident qu'ils étaient partis d'Europe pour s'installer partout dans le monde, colonisant en particulier l'Amérique du Nord.

Elle réfléchit. L'Europe. Les colonies. L'Amérique du Nord... et ce nom Richard S. qui revenait sans cesse dans son esprit. Un personnage du XVIIIe siècle, quelqu'un qui avait écrit des résolutions... l'initiale F...

Brusquement, elle tourna les talons.

– Hé ! s'écria Dan tandis que Saladin s'échappait de ses bras. Où tu vas, Amy ?

– Aux F !

– F comme folledingue ?

Arrivée devant l'étagère, elle en tira un petit livre tellement abîmé qu'il perdait ses pages. La couverture était illustrée d'une gravure sur bois représentant des colons. Le titre était presque effacé, mais elle réussit à déchiffrer :

ALMANACH DU BONHOMME RICHARD,
année 1749, Richard Saunders.

– Bon sang ! s'exclama oncle Alistair. Bien vu, jeune demoiselle. Vraiment bien vu !

Amy se sentit rougir de fierté malgré elle.

– Une seconde, intervint Dan. Si c'est un livre de Richard Saunders, pourquoi est-il classé à la lettre F ?

– C'était un pseudonyme, expliqua oncle Alistair.

Dan fronça les sourcils.

– Pneu-quoi ? Il était malade ?

Amy aurait voulu l'étrangler, mais Alistair poursuivit patiemment :

– Non, mon garçon, pas une pneumonie, un pseudonyme, c'est-à-dire qu'il prenait une fausse identité pour écrire, un nom de plume, si tu préfères. Cet almanach est l'œuvre d'un auteur très célèbre.

– Benjamin Franklin ! annonça Amy. L'an dernier, au collège, j'ai fait un dossier sur lui.

Elle ouvrit le livre. Le texte était imprimé en majuscules et presque sans ponctuation, ce qui ne facilitait pas la lecture. Il y avait beaucoup de graphiques, d'illustrations et de tableaux remplis de chiffres.

– C'est l'ouvrage le plus populaire que Franklin ait jamais publié. Il possédait de nombreux pseudonymes. Quand il écrivait, il se prenait pour différents personnages.

– Nous avons donc affaire à un cas de dédoublement de personnalité, conclut Dan. Génial. Et je peux savoir ce que c'est qu'un « alamnach » ?

– Cet al-ma-nach était une sorte d'agenda destiné aux fermiers, avec des conseils et des astuces. C'est de là que sont tirées les plus célèbres citations de Franklin, du genre « Abréger son souper, c'est allonger sa vie. »

– Mmm.

– Et « Si quelqu'un vide sa bourse dans son cerveau, personne ne pourra la lui voler. »

– En quoi ça concerne les fermiers ?

Amy mourait d'envie de lui assener un coup de livre sur le crâne. Ça lui ferait peut-être entrer un peu de bon sens dans sa cervelle. Mais elle conserva son calme et déclara :

– Écoute, Dan, cet almanach l'a rendu très célèbre et il a gagné beaucoup d'argent.

– O.K...

Il ressortit le premier indice pour le relire.

– Bien, maintenant que nous avons trouvé le fameux Richard S., en quoi cela nous aide-t-il ? Et surtout quel est le rapport avec le mot « résolution » ?

– Franklin prenait de nombreuses résolutions, expliqua Amy, des règles qu'il se fixait pour progresser.

– Comme les résolutions du Nouvel An ?

– En quelque sorte, sauf qu'il faisait ça toute l'année et pas uniquement le 1er janvier.

– Et elles apparaissent dans l'almanach ?

Amy se mordilla les lèvres.

– Non, avoua-t-elle. Il en parle dans un autre livre. Son autobiographie, je crois. Peut-être que le mot « résolution » était seulement censé nous évoquer Benjamin Franklin, je ne sais pas...

Elle feuilleta l'almanach. Les marges étaient couvertes de notes. Soudain, elle retint son souffle. Cette écriture élégante, à l'encre violette, au bas de la page... elle la reconnaissait ! Elle l'avait vue dans les lettres que Grace conservait précieusement et lui montrait de temps à autre. Elle relut : « Suivre Franklin, premier indice. Labyrinthe des squelettes. »

– Maman a lu ce livre et l'a annoté ! Elle écrivait toujours au stylo plume violet !

– Quoi ? s'étonna Dan. Fais voir !

– Puis-je ? demanda Alistair.

Amy n'avait aucune envie de lui passer l'ouvrage. Elle voulait continuer à lire ce que sa mère y avait noté. Malgré tout, elle le lui tendit à contrecœur.

– C'est pas juste, grommela son frère.

Le vieil homme chaussa ses lunettes pour examiner quelques pages.

– Intéressant. Ce livre s'est transmis de génération en génération. Ces notes-ci sont de la main de Grace. Et celles-là de mon père, Gordon Oh. Et voilà l'écriture de James Cahill, le père de Grace. Ils étaient demi-frères, vous savez. Mais ma grand-mère, la mère de Gordon, était coréenne.

– Passionnant, le coupa Dan, impatient. Mais qu'est-ce que notre mère a écrit à propos de Franklin ?

Alistair haussa les sourcils.

– Visiblement, Benjamin Franklin était un Cahill. Ça ne me surprend pas. Après tout, c'était un inventeur, comme moi. J'imagine que la plupart des ouvrages de cette bibliothèque ont été écrits par des membres de la famille, qu'ils aient été ou non conscients d'en faire partie.

Amy était abasourdie. Tous ces grands auteurs ne pouvaient quand même pas être des Cahill ? Alors, dans ce cas, chaque fois ou presque qu'elle se plongeait dans un bouquin, elle lisait en réalité les mots d'un de ses ancêtres ? Maître MacIntyre leur avait dit que leur famille avait façonné la civilisation humaine. Elle commençait à entrevoir ce que cela pouvait signifier. Elle avait l'impression qu'un gouffre immense s'ouvrait sous ses pieds.

Il y avait tant de questions et si peu de réponses. Comment sa mère avait-elle pu avoir connaissance du premier indice des années avant que le défi ne soit lancé ? Pourquoi l'avait-elle noté dans ce livre ? Qu'entendait-elle par « labyrinthe des squelettes » ? Et Dan qui sautillait sur place, surexcité.

– Alors, comme ça, Ben était notre ancêtre ? La classe !

– Tiens, et si tu essayais de lancer un cerf-volant au beau milieu d'un orage, qu'on voie si tu te fais électrocuter, hein ? proposa sa sœur.

– Allons, les enfants, intervint Alistair, nous avons bien trop à faire pour perdre notre temps en chamailleries. Nous avons toutes ces annotations à lire et…

Amy fut prise d'une quinte de toux. Une odeur âcre lui irritait la gorge.

– Attendez ! Il y a quelqu'un qui fume ou quoi ?

Ils regardèrent autour d'eux, surpris. Soudain, près du plafond, elle vit un nuage de fumée blanche qui s'étendait rapidement.

– Il y a le feu ! s'écria Dan. Vite, remontons !

Mais sa sœur était pétrifiée. Elle avait une peur panique du feu. Ça lui rappelait de trop mauvais souvenirs.

– Viens ! ordonna-t-il en la tirant par le bras. Et Saladin ? Il faut qu'on le trouve.

Elle s'anima enfin. Elle ne pouvait pas abandonner ce pauvre chat.

– On n'a pas le temps ! cria oncle Alistair. Sortons d'ici tout de suite.

La fumée leur piquait les yeux. Ils arrivaient à peine à respirer. Amy chercha sous les étagères, mais Saladin avait disparu. Finalement, Dan la tira dans l'escalier et tenta d'enfoncer la porte secrète d'un coup d'épaule. En vain.

– Un levier. Il faudrait quelque chose pour faire levier, dit-il.

Malheureusement, ils n'avaient rien sous la main et la fumée s'épaississait de plus en plus. Amy s'appuya contre le battant et poussa un cri.

– C'est brûlant ! Le feu vient de l'autre côté. On ne peut pas sortir par là.

– On n'a pas le choix ! cria Dan.

Cette fois, c'est elle qui le traîna et lui fit redescendre les marches. L'atmosphère était tellement enfumée qu'ils parvenaient à peine à se voir.

– Baisse-toi le plus près du sol possible, lui conseilla-t-elle.

Ils traversèrent la bibliothèque en rampant, cherchant désespérément une autre issue. Oncle Alistair s'était volatilisé. Les flammes dévoraient les étagères, bois et vieux papier réunis.

Amy se redressa en s'appuyant sur une table où elle trouva le coffret à bijoux. « Ne vous arrêtez pas pour prendre vos objets de valeur. » C'était l'une des premières règles à suivre si l'on voulait sortir vivant d'un incendie. Qu'importe, elle coinça la boîte sous son bras avant de poursuivre son chemin. La chaleur était suffocante. Les cendres voletaient dans les airs. Ils avaient l'impression de respirer un brouillard toxique. Elle entendait le souffle rauque de Dan derrière elle. Son asthme ! Il n'avait pas eu de crise depuis des mois, mais cette épaisse fumée risquait de le tuer, s'il n'était pas brûlé vif. Et sa robe d'enterrement ridicule la gênait dans ses mouvements.

« Réfléchis ! », se dit-elle. C'était étonnant. Connaissant Grace, jamais elle n'aurait construit une pièce secrète munie d'une seule issue.

Toussant sans pouvoir s'arrêter, Amy se jeta à terre. Elle ne voyait plus que le tapis oriental où dansait une farandole de dragons de soie.

Des dragons… comme celui du collier de jade de sa grand-mère. Ils volaient tous dans la même direction, lui montrant le chemin. C'était un peu dingue de suivre les motifs d'un tapis, mais elle n'avait pas d'autre idée.

– Viens ! cria-t-elle.

Son frère n'avait même plus assez de souffle pour lui répondre. Elle rampa sur les traces des dragons, lançant de temps à autre un coup d'œil par-dessus son épaule pour s'assurer qu'il était derrière elle. Les dragons les menèrent entre deux étagères en feu et s'arrêtèrent brusquement devant une grille d'aération d'environ un mètre carré. Amy l'enfonça d'un coup de pied et découvrit un conduit qui montait.

– Dan, vas-y !

En le poussant devant elle, elle s'aperçut qu'il avait Saladin dans les bras. Dieu sait où il avait retrouvé le chat. Celui-ci n'avait pas l'air ravi, mais son frère tenait bon malgré les coups de patte et les feulements. Elle lui emboîta le pas, au bord de l'asphyxie. Elle avait l'impression d'avoir du sable dans les yeux. Ils grimpèrent le long du conduit. Au bout de ce qui leur sembla une éternité, Dan s'arrêta.

– Qu'est-ce que tu fabriques ? demanda-t-elle.

Il faisait moins chaud ici, mais la fumée envahissait petit à petit le tunnel.

– On est coincés ! haleta-t-il.

– Pousse !

Dans l'obscurité, elle se faufila à ses côtés et ils s'arc-boutèrent ensemble contre la pierre plate qui leur bloquait le passage. Il fallait que ça s'ouvre. Ils n'avaient pas le choix. Grâce à leurs efforts conjoints, la plaque finit par céder et ils débouchèrent dehors. La lumière du jour les aveugla un instant. Ils rampèrent dans l'herbe avant de s'écrouler l'un sur l'autre. Saladin se dégagea avec un *mrraw !* indigné et fila se percher dans un arbre. Ils étaient étendus sur la pelouse du cimetière, à quelques mètres de la tombe fraîchement creusée de leur grand-mère. La plaque qu'ils avaient poussée pour sortir était une dalle funéraire.

– Ça va, Dan ? s'inquiéta Amy.

Le visage de son frère était noir de suie, comme ses vêtements de deuil. Ses cheveux étaient couverts de cendre, sa respiration sifflante et le chat lui avait lacéré les mains.

– Je crois… que finalement… je ne vais pas faire… l'empreinte de la pierre tombale.

La fumée s'échappait du tunnel comme d'une cheminée, mais ce n'était rien comparé à ce qu'Amy aperçut en levant les yeux. Sa gorge se serra.

– Oh non !

L'incendie ravageait la demeure familiale. Par les fenêtres, elle voyait les flammes étinceler et lécher les murs. Une tourelle s'écroula sous ses yeux. Les magnifiques vitraux fondaient. Le blason qui surmontait l'entrée principale – ces armoiries sculptées dans la pierre qu'elle adorait – se détacha et vint s'écraser au sol.

– Amy…

Dan avait l'air au bord des larmes.

– … le manoir… on ne peut pas le laisser… il faut qu'on…

Sa phrase resta en suspens. Il n'y avait rien à faire. Un pan de la toiture s'affaissa, envoyant une boule de feu dans les airs. Amy en avait le souffle coupé, comme si la demeure s'effondrait sur elle. Elle prit son frère par l'épaule. Il avait le nez qui coulait. Le menton qui tremblait. Elle aurait voulu le consoler, lui dire que tout allait s'arranger, mais elle n'y croyait pas elle-même.

C'est alors qu'elle remarqua quelque chose. Une silhouette se dessinait dans l'allée, un homme en costume gris.

– Maître MacIntyre ! hurla-t-elle.

Elle allait se précipiter à son secours quand son frère la retint :

– Couche-toi !

La panique avait dû décupler ses forces, car il la plaqua au sol avec une telle violence qu'elle mordit la poussière. Il désigna alors la route qui serpentait à travers les collines, vers la seule issue du domaine.

À environ cinq cents mètres, à demi caché derrière les arbres, un homme en noir se tenait immobile. Comment Dan avait-il pu le repérer à une telle distance ? Amy l'ignorait. Elle ne distinguait pas les traits de son visage, mais il était grand, mince, avec les cheveux gris, et il observait la scène avec des jumelles. Elle frissonna en prenant conscience que c'était eux qu'il regardait.

– Qui… ? commença-t-elle.

Le bip d'une télécommande d'ouverture centralisée des portières la coupa dans son élan. Alistair Oh, couvert de suie, venait de sortir du manoir par l'entrée principale et regagnait sa voiture en titubant, tenant quelque chose serré contre la poitrine. Il était dans un état ! – le pantalon en lambeaux, le visage blanc de cendre… Comment avait-il fait pour sortir de là ? Elle faillit le héler, mais quelque chose la retint. Il contourna William MacIntyre sans même lui jeter un regard, sauta dans sa voiture et démarra au plus vite.

Amy leva les yeux vers les bois : l'homme aux jumelles avait disparu.

– Reste là, ordonna-t-elle à son frère.

Elle courut vers le vieux notaire. Évidemment, Dan lui désobéit et la suivit en toussant. Le temps qu'ils arrivent auprès de maître MacIntyre, le manoir s'était écroulé. La chaleur qu'il dégageait leur chauffait la peau comme un soleil au zénith. Amy savait qu'il ne resterait rien. Rien à part le coffret à bijoux qu'elle serrait encore contre son cœur.

Elle le posa par terre et se pencha pour faire rouler le notaire sur lui-même. Il gémit, preuve qu'au moins il était en vie. Fouillant dans les poches du blessé, elle dénicha un portable et composa le 911 pour prévenir les secours.

– Il l'a pris, siffla son frère d'une voix rauque.

– Quoi ?

Amy ne l'écoutait pas vraiment. Agenouillée, elle regardait partir en fumée le seul endroit au monde auquel elle était attachée. Elle revoyait Grace en train de lui raconter des histoires dans la bibliothèque. Elle se rappelait quand elle jouait à chat avec Dan dans les longs couloirs. Elle pensa au petit coin secret, dans la chambre, où elle se cachait pour lire avec Saladin sur les genoux. Réduit en cendres. Elle tremblait des pieds à la tête. Les larmes lui montèrent aux yeux. Pour la deuxième fois de sa vie, le feu lui avait tout pris.

– Amy…

Dan lui posa la main sur l'épaule.

– Écoute-moi, s'il te plaît. Alistair. Il l'a pris.

Elle avait envie de lui dire de se taire et de la laisser ruminer en paix, mais elle comprit soudain de quoi il parlait. Elle se releva tant bien que mal pour fixer les feux arrière de la voiture qui disparaissaient au loin.

Alistair Oh leur avait tendu un piège. Il leur avait volé l'almanach annoté de la main de leur mère. Leur seule et unique piste.

6. Première étape : Philadelphie

Dan avait toujours rêvé de faire un tour dans une voiture de police, mais pas dans ces circonstances. Il s'assit à l'arrière, avec Saladin sur les genoux, en essayant de respirer calmement. Chaque inspiration était douloureuse.

– Si seulement tu avais apporté ton inhalateur…, répétait Amy.

Il détestait ce machin qui ressemblait à un masque à gaz. Avec, on aurait dit Dan Vador. En plus, il n'avait pas eu de crise d'asthme depuis une éternité. Il ne pouvait quand même pas prévoir qu'ils allaient être pris dans un incendie !

Il n'arrivait pas à se convaincre que le manoir des Cahill était parti en fumée. Ce matin, il s'était réveillé en pensant qu'avec Amy ils allaient en hériter, et maintenant, ce n'était plus qu'un tas de cendres fumantes. Les enquêteurs ne leur avaient pas donné beaucoup d'explications. D'après eux, c'était un incendie criminel. Le feu s'était propagé beaucoup trop rapidement pour que ce soit un accident. Ils leur avaient assuré que William MacIntyre allait s'en tirer. Par miracle, il n'y avait pas d'autres blessés. Dan avait raconté à la police qu'ils avaient vu Alistair Oh s'enfuir en toute hâte ; tant mieux si ça lui attirait des ennuis, à ce vieux roublard. En revanche, il n'avait pas parlé de la chasse au trésor, de la bibliothèque secrète ni de l'étrange homme aux jumelles.

– Qui c'était, ce gars en noir ? chuchota justement sa sœur, comme si elle avait suivi le cheminement de ses pensées.

Elle avait le coffret à bijoux de Grace sur les genoux et tortillait une de ses mèches de cheveux, signe qu'elle était angoissée.

– Je ne sais pas, répondit-il. Alistair ?

– Comment veux-tu qu'il ait été à deux endroits en même temps ?

– M. Holt ?

– M. Holt n'est pas aussi vieux et il est beaucoup plus baraqué, répliqua sa sœur.

– Tante Béatrice déguisée en homme ? suggéra-t-il.

Personnellement, il penchait pour cette hypothèse. Après tout, leur sorcière de tante venait de les abandonner sans un regret à leur triste sort. Amy leva les yeux au ciel.

– Ce n'était pas quelqu'un qu'on connaît, Dan. Enfin, je crois. Mais ce type nous espionnait, comme pour vérifier si on s'en était sortis. Et s'il avait mis le feu au manoir pour nous éliminer ?

– *Mrraw*, répondit Saladin.

– Je suis d'accord avec toi, mon vieux chat. Entre le mec en noir et oncle Alistair, je pense qu'on devrait dorénavant éviter de s'approcher des vieux croûtons ! Voilà une bonne résolution.

– Il faut qu'on soit plus méfiants en général.

Amy baissa encore d'un ton avant de poursuivre :

– Dan, notre mère était au courant de l'existence des 39 clés. Ce qu'elle a écrit…

– Impossible ! la coupa-t-il. Maître MacIntyre vient de lancer le défi.

– C'était l'écriture de maman, j'en suis certaine. Elle avait noté : « Suivre Franklin, premier indice. Labyrinthe des squelettes. » Il faut découvrir ce que ça signifie. C'est le genre d'énigme qu'elle adorait !

Dan fit la moue. C'était idiot, mais ça l'énervait que sa sœur ait plus de souvenirs que lui de leurs parents. Il n'aurait jamais pu reconnaître l'écriture de leur mère. Il n'avait aucune idée de ce qu'elle aimait ou pas.

– On a perdu le bouquin, grommela-t-il. Ça va nous retarder.

Amy suivit du doigt les initiales gravées sur le coffret à bijoux.

– Pas forcément. J'ai une idée. Le problème, c'est qu'on a besoin d'un adulte. Là-dessus, Alistair avait raison. Sans ça, on ne pourra pas voyager.

– Voyager ? On part où ?

Elle jeta un regard en biais au policier, puis se pencha vers son frère pour murmurer :

– D'abord, on doit trouver un chaperon et vite. Tante Béatrice ne va pas tarder à contacter les services sociaux. On rentre à la maison, on fait nos bagages et on file. Si la police apprend qu'on n'a plus de tutrice, ils nous placeront sûrement en foyer. Et adieu les 39 clés !

Dan n'avait pas réfléchi à ça. Il ne connaissait pas la vie en foyer, pourtant il se doutait que ça ne lui plairait pas trop. Pour commencer, il n'aurait sans doute pas le droit d'emporter toutes ses collections.

– Bon, mais où on va trouver un adulte ? demanda-t-il. Tu crois que ça se loue ?

Amy enroula une mèche de cheveux autour de son index.

– Il nous faut quelqu'un qui nous laissera faire ce qu'on veut sans trop poser de questions. Assez vieux pour donner l'impression qu'on n'est pas livrés à nous-mêmes, mais pas trop strict afin qu'on ait le champ libre. Quelqu'un d'assez malléable.

– Quand tu dis « malléable », tu veux dire « qui gobera tout ce qu'on lui raconte » ?

– *Mrraw*, commenta Saladin, signifiant par là que ça lui convenait du moment qu'on n'oubliait pas son poisson frais.

La voiture de police s'engagea dans Melrose Street et s'arrêta devant leur vieil immeuble en briques.

– C'est bien là ? fit la conductrice d'un air blasé et indifférent.

– Oui, confirma Amy. Je veux dire, oui, madame.

– Vous êtes sûrs qu'il y a quelqu'un chez vous ? Votre tuteur ou je ne sais qui ?

– Nellie Gomez, répondit Dan, notre jeune fille au...

Ses pupilles s'élargirent. Il regarda sa sœur et vit qu'elle venait d'avoir la même idée. C'était tellement évident que même un Holt aurait pu y penser.

– Nellie ! s'exclamèrent-ils en chœur.

Ils s'extirpèrent de la voiture de police avec le chat et le coffret à bijoux, puis montèrent les marches du perron quatre à quatre.

Nellie était exactement à l'endroit où Dan espérait la trouver : affalée sur le canapé avec ses écouteurs dans les oreilles. Elle hochait la tête au rythme de la musique de dingue qu'elle était en train d'écouter tout en envoyant des textos avec son portable. Une montagne de livres de cuisine gisait à ses pieds. Le premier de la pile était intitulé : *Exquises recettes exotiques*. Dan posa Saladin par terre pour qu'il puisse explorer son nouvel environnement. Il remarqua alors le pot vide sur la table basse : sa glace à la cerise préférée !

– Hé ! protesta-t-il. C'était à moi !

Évidemment, Nellie n'avait rien entendu. Elle continua à se trémousser en pianotant frénétiquement sur son téléphone jusqu'à ce que Dan et Amy soient juste devant elle. Elle fit la grimace comprenant qu'elle allait devoir travailler, puis ôta un de ses écouteurs.

– Déjà rentrés ? Waouh… qu'est-ce qui vous est arrivé ? Vous êtes dans un état !

– Il faut qu'on parle, décréta Amy.

Nellie battit des cils, révélant son ombre à paupières bleu pailleté. Elle avait un nouvel anneau en forme de serpent dans le nez. Dan se demanda quel était l'intérêt d'avoir un reptile dans la narine.

– De quoi veux-tu parler, miss ?

Amy avait très envie de l'assommer avec le coffret à bijoux, car elle détestait qu'on l'appelle « miss », mais elle se retint et conserva un ton poli.

– On… on a un marché à te proposer. Un nouveau baby-sitting. Tu pourrais gagner beaucoup d'argent.

Nellie enleva son second écouteur. Ils avaient piqué sa curiosité. Avec elle, il fallait connaître les trois mots magiques : garçons, manger, argent. Elle se leva, ce qui leur permit d'admirer sa tenue : son T-shirt Union Jack[1] déchiré, un jean délavé et des sandales roses en plastique. Quant à ses cheveux, on aurait dit un tas de paille mouillé, moitié noir, moitié jaune.

Bras croisés, elle toisa Amy.

– O.K. C'est quoi, le marché ?

Contrairement à ce que Dan craignait, sa sœur s'exprima clairement, sans bafouiller. Il faut dire que Nellie n'était pas intimidante.

– Hum… on part en voyage, commença Amy. Et tu seras notre chaperon.

Nellie fit la moue.

––––––––––

1. Drapeau britannique (NDT).

– Et pourquoi ce n'est pas votre tante qui me prévient ?

– Oh ! elle a eu un accident, répondit Dan du tac au tac.

Amy lui lança un regard noir, lui intimant de se taire.

– C'est grave ? s'étonna Nellie.

– Non, reprit-il, juste deux trois trucs cassés. Mais elle est à l'hôpital pour un moment. Alors on a pensé qu'on pourrait en profiter pour partir en voyage. Notre oncle Alistair est d'accord mais il veut qu'un adulte nous accompagne.

Ça, au moins, c'était vrai. Dan ne savait pas très bien où il allait. Il poursuivit cependant, espérant rester assez vague pour qu'on ne puisse pas le taxer de mensonge.

– C'est un truc organisé par notre famille, une sorte de chasse au trésor. Un parcours d'un endroit à l'autre pour s'amuser.

– Où par exemple ? voulut savoir Nellie.

– Ça dépend…

Il revit la carte affichée au mur de la bibliothèque, hérissée d'épingles.

– C'est ça qui est drôle, justement. On ne sait pas à l'avance. Ça peut être n'importe où dans le monde.

Nellie haussa les sourcils.

– Gratuitement ?

Amy acquiesça, adoptant la tactique de son frère.

– Ouais et ça va durer plusieurs mois ! On va découvrir des endroits géniaux où il y aura… euh des plats exotiques à manger et des tas de garçons. Et tu n'auras pas besoin d'être tout le temps derrière nous. Juste pour les formalités administratives, comme acheter les billets d'avion, réserver les chambres d'hôtel et tout. Tu auras beaucoup de temps libre.

« Dis oui, dis oui ! », supplia Dan dans sa tête.

– Et comment comptez-vous payer ? demanda la jeune fille au pair, soupçonneuse.

Amy ouvrit le coffret à bijoux. Le bracelet de perles, le solitaire et les boucles d'oreilles en émeraude scintillaient. La mâchoire de Nellie faillit se décrocher.

– Ouh là ! Vous les avez volés ?

– Mais non ! C'était à notre grand-mère. Elle voulait qu'on fasse ce voyage, elle l'a dit dans son testament.

Dan était rudement impressionné. Sa sœur avait détourné la réalité sans vraiment mentir. Nellie examina les bijoux, subjuguée. Puis elle composa un numéro sur son portable. Le garçon se raidit. Il voyait déjà les services sociaux rappliquer : des gars en blouses blanches armés de filets pour les capturer et les enfermer dans un foyer.

– Allô, papa ? fit Nellie. J'ai un nouveau boulot pour les Cahill.

Silence.

– Oui, drôlement bien payé. Alors écoute, je ne pourrai pas préparer le dîner de ce soir comme promis.

Lorsqu'elle leva le solitaire à la lumière du jour, Amy le lui arracha.

– Combien de temps ? Hum... je vais les accompagner en voyage. Disons quelques semaines. Peut-être quelques mois...

Elle écarta le téléphone de son oreille. À l'autre bout du fil, son père vociférait en espagnol.

– Papa ! *No, claro.* La rentrée universitaire est dans un mois et, en plus, on commence par des cours sans intérêt. Je pourrai les rattraper au prochain semestre et...

Nouvelles injures hispaniques.

– Si tu m'avais laissée m'inscrire à l'école hôtelière au lieu de m'envoyer dans cette fac minable...

Les hurlements de son père avaient atteint le volume d'une explosion nucléaire.

– *¿ Qué, papà ?* brailla Nellie. *Lo siento*, je ne t'entends plus. Je te rappellerai quand j'aurai une meilleure réception. Bisous !

Et elle raccrocha.

– Pas de problème, annonça-t-elle. Je suis partante, les nains !

Amy avait été claire : Dan n'avait droit qu'à un seul sac. Pour ses vêtements, bien sûr, alors qu'il s'en moquait éperdument. La seule chose à laquelle il tenait, c'était ses collections. Il jeta un regard circulaire dans sa chambre pour décider quoi emporter. Pas ses empreintes de tombes, il faudrait les rouler ou les plier et ça risquait de les abîmer. Sa collection de cartes de base-ball ? Ses pièces rares ? Il en avait tellement qu'il ne savait lesquelles choisir. Et puis, il y avait aussi ses vieilles armes de la guerre de Sécession, ses plâtres, ses photos dédicacées et une tonne d'autres gadgets, stockés sous son lit.

Il prit l'ordinateur portable que son prof d'informatique lui avait vendu trois cents dollars. Ça, c'était indispensable. Ça lui permettait d'estimer la valeur exacte de toutes ses cartes de base-ball sur Internet. Il revendait celles qu'il avait en double au collège ou dans une boutique du quartier en faisant un petit bénéfice. Malheureusement, il redépensait l'argent aussi vite qu'il l'avait gagné pour acheter des cartes plus rares. Il glissa le portable dans son gros sac noir, puis il ajouta trois T-shirts, un jean, des sous-vêtements, sa brosse à dents, son inhalateur et, enfin, son passeport. Leurs parents les leur avaient fait faire juste avant de mourir, quand Dan avait quatre ans. Il ne se souvenait pas pourquoi. Ils ne s'en étaient jamais servis. Mais Grace avait tenu à ce que sa sœur et lui les renouvellent l'année dernière, ce qui lui avait paru complètement idiot. Maintenant, ça le laissait songeur...

Il n'y avait pratiquement plus de place dans le sac. Pas moyen de glisser le dixième de ses trésors. Il souleva le matelas pour en tirer son album de photos. C'était un gros classeur bleu, abritant la pièce la plus précieuse de toutes ses collections : l'unique photo de ses parents, la seule qui ait survécu à l'incendie.

Légèrement noircie sur les bords, elle représentait son père et sa mère au sommet d'une montagne, qui se tenaient par le cou, en souriant à l'appareil. Vêtus de parkas et de pantalons imperméables, un harnais autour de la taille, ils ne portaient pas de casques mais des casquettes de base-ball qui plongeaient leur visage dans l'ombre. Son père, Arthur, était grand, bronzé, les cheveux poivre et sel, le sourire avenant. Dan espérait lui ressembler plus tard. Sa mère, Hope, avait les mêmes cheveux châtain roux qu'Amy. Elle était un peu plus jeune que son mari et Dan la trouvait très jolie. Elle arborait la casquette des Orioles et son père celle des Red Sox. Il se demandait s'ils se disputaient parfois parce qu'ils n'étaient pas pour la même équipe. Il n'en avait aucune idée. Il ignorait jusqu'à la couleur de leurs yeux, cachés par les visières.

Il aurait aimé avoir d'autres souvenirs. Découvrir les pays qu'ils avaient visités. Avoir un cliché où il posait avec eux. Mais il n'avait plus rien. Leur ancienne maison avait complètement brûlé et Grace ne possédait aucune photo d'eux, aussi bizarre que cela puisse paraître.

Sa gorge se serra. Il revit le manoir en feu, l'homme en noir, maître MacIntyre gisant par terre, oncle Alistair qui prenait la fuite et le mot écrit par sa mère dans le livre de Benjamin Franklin. Qu'est-ce que ce livre pouvait bien contenir de si important ? Dan, plus que tout autre, était conscient de la rareté de certains objets de collection, mais qu'est-ce qui pouvait valoir la peine d'incendier toute une maison ?

Grace devait pourtant savoir ce qu'elle faisait en organisant cette chasse au trésor. Elle ne leur aurait jamais joué un mauvais tour. C'est ce qu'il se répétait, encore et encore, pour essayer de s'en convaincre.

On frappa à sa porte. Il sortit de l'album la photo de ses parents dans sa pochette en plastique afin de la glisser dans son sac. Puis il le ferma juste au moment où la porte s'ouvrait.

– Hé, crétin, fit Amy d'un ton plutôt affectueux, tu es bientôt prêt ?

– Ouais, ouais, c'est bon.

Elle avait pris une douche, s'était changée et arborait maintenant sa tenue habituelle : jean et T-shirt vert. Elle fronça les sourcils devant son gros sac, puis voyant tous ses bacs, caisses et cartons étalés par terre, comprit qu'il avait eu du mal à faire son choix.

– Tu pourrais peut-être... euh... prendre aussi un sac à dos, si tu veux.

Venant d'elle, c'était vraiment gentil. Mais Dan restait planté devant son placard. Quelque chose lui disait qu'il ne reviendrait plus jamais ici.

– Amy, à ton avis, on va pouvoir tirer combien des bijoux ?

Comme elle portait la main à son cou, il aperçut le collier de jade de Grace.

– Hum... je ne sais pas.

Elle avait l'air un peu coupable. Sans être un expert, il se doutait qu'il s'agissait de l'un des bijoux les plus précieux du coffret. Si elle le gardait, ils auraient largement moins d'argent.

– Ils vont en profiter, parce qu'on n'a pas le temps de discuter et qu'en plus on est des enfants. Il faut qu'on vende tout à quelqu'un qui paie cash sans trop poser de questions. À mon avis, on obtiendra quelques milliers de dollars, estima-t-il, alors que ça vaut beaucoup plus.

– On doit payer le trajet pour trois personnes, les hôtels, la nourriture, murmura-t-elle, hésitante.

Il prit une profonde inspiration avant d'annoncer :

– Je vais vendre mes pièces et mes cartes. Il y a un magasin sur la place...

– Dan, tu as mis des années à réunir tout ça ! protesta sa sœur.

– Ça doublera notre cagnotte, fit-il valoir. Même si le gars m'escroque, je peux facilement en tirer trois mille dollars.

Amy le dévisagea comme si un troisième œil lui avait poussé au milieu du front.

– Dan, tu as encore l'esprit embrumé par la fumée. Tu es sûr ?

Il en était le plus étonné, cependant sa décision était prise. Tout à coup, cette chasse au trésor était devenue plus importante pour lui que ses collections. Il voulait se venger de celui ou celle qui avait mis le feu au manoir. Il voulait découvrir le secret des 39 clés. Et, plus que tout, il voulait enfin se servir de ce maudit passeport et rendre ses parents fiers de lui. Peut-être, en chemin, trouverait-il d'autres photos pour compléter son album.

– Sûr et certain, affirma-t-il.

Amy fit alors un truc répugnant. Elle le serra dans ses bras.

– Beurk !

Il la repoussa. Sa sœur souriait, mais elle avait les larmes aux yeux.

– Finalement, tu n'es peut-être pas si crétin que ça.

– Ouais, bon, arrête de pleurnicher et allons-y... hé, attends, où on va, au fait ?

– Ce soir, on passe la nuit dans un hôtel en ville. Et demain... je me suis rappelé un truc à propos de

Benjamin Franklin. Quand il était jeune, il a travaillé comme imprimeur pour son frère, ici, à Boston.

– Alors on va arpenter la ville ?

Amy secoua la tête.

– C'est sans doute ce que font les autres. Nous, on se rend là où il est allé ensuite, car maman a écrit « Suivre Franklin ». À dix-sept ans, il a claqué la porte de l'imprimerie de son frère pour ouvrir la sienne ailleurs.

– Et on va faire pareil. On va marcher dans les pas de Franklin.

– Exactement, confirma-t-elle. J'espère juste que personne n'a eu cette idée. Il faut qu'on réserve trois billets de train pour Philadelphie.

– Philadelphie, répéta Dan.

La seule chose qu'il connaissait de cette ville, c'était la *Liberty Bell*, la « cloche de la liberté ».

– Et une fois là-bas, on cherche quoi ?

Elle caressa le collier de jade comme un talisman.

– Un secret qui risque de mettre notre vie en danger.

7. Pacte entre Lucian

À l'autre bout de la ville, sur Copley Square, Irina Spasky – nom de code « équipe numéro 5 » – était inquiète. Elle avait rempli les seringues cachées sous ses ongles de la préparation habituelle, mais craignait que cela ne suffise pas pour son rendez-vous.

Autrefois, à l'époque de la guerre froide, avec ses collègues du K.G.B., elle avait l'habitude d'utiliser des parapluies injecteurs de poison ou de vaporiser de la peinture toxique sur les lunettes de W.-C. C'était le bon vieux temps !

Maintenant qu'elle faisait cavalier seul, Irina devait se contenter de méthodes plus simples. Elle n'aurait qu'à plier les doigts pour faire sortir les aiguilles. Presque invisibles, elles ne causaient qu'une légère sensation de piqûre. La substance empoisonnait gravement ses victimes, les laissant paralysées pour plusieurs jours, de quoi prendre une confortable avance. De plus, elle était indétectable et il n'existait pas d'antidote. Malheureusement, elle mettait un certain temps à agir. Les premiers symptômes n'apparaissaient qu'au bout de huit heures, minimum. Si elle voulait éliminer ses ennemis plus rapidement, il lui faudrait recourir à d'autres moyens.

Elle savait qu'il ne fallait pas sous-estimer Ian et Natalie Kabra. Lorsqu'ils n'étaient âgés que de dix et sept ans, elle aurait sans doute pu les maîtriser. Désormais, ils avaient quatorze et onze ans, et c'était une autre histoire.

Elle faisait les cent pas sur Copley Square, tentant de les repérer. Ils s'étaient mis d'accord pour appliquer le protocole de sécurité standard en ne fixant pas un lieu et une heure de rendez-vous trop précis. Le ciel s'était éclairci. C'était un de ces beaux après-midi d'été qu'Irina avait en horreur. Le soleil, les fleurs, les enfants qui jouent… bah ! Elle préférait la grisaille d'un hiver glacé à Saint-Pétersbourg, un climat bien plus adapté à l'espionnage.

Elle s'acheta un café à emporter et aperçut soudain Ian et Natalie qui passaient devant l'église, de l'autre côté de la place. Leurs regards se croisèrent un instant, mais ils poursuivirent leur chemin.

À elle de jouer, maintenant. Elle les suivit à distance pour vérifier qu'ils n'étaient pas sous surveillance, que personne ne les espionnait ou ne prenait de photo. Au bout d'un quart d'heure, rassurée, elle attendit qu'ils se retournent. Dès qu'ils l'eurent vue, elle fit volte-face pour partir dans l'autre sens. Même gymnastique, mais cette fois inversée. Elle traversa la place en direction de la bibliothèque, sachant qu'ils devaient également s'assurer qu'elle n'était pas suivie. S'ils remarquaient quoi que ce soit, Ian et Natalie se volatiliseraient aussitôt, et la rencontre serait annulée.

Quinze minutes plus tard, Irina vit les Kabra derrière elle. Ce qui signifiait qu'elle était « clean » : elle n'avait personne à ses trousses. Ils se dirigèrent vers l'hôtel Copley Plaza et Irina leur emboîta le pas. Ils se retrouvèrent ainsi dans le hall bondé, où aucun des deux camps ne pouvait piéger l'autre.

Natalie et Ian semblaient excessivement détendus, affalés l'un en face de l'autre dans des canapés trop mous. Ces sales mômes s'étaient changés : Ian avait un polo bleu ciel sur un pantalon beige avec des mocassins bateau tandis que Natalie portait une robe en lin blanc qui mettait en valeur sa peau café au lait. Leurs yeux scintillaient comme de l'ambre. Ils étaient tellement mignons que les gens les fixaient, admiratifs, ce qui n'était pas l'idéal, niveau discrétion.

– Vous attirez trop l'attention, remarqua Irina. Vous devriez vous enlaidir.

Natalie se mit à rire.

– C'est le secret de votre longévité, chère cousine ?

L'ancienne espionne résista à l'envie de défigurer cette petite peste d'un coup d'ongle empoisonné.

– Vous pouvez m'insulter autant que vous voulez, ça ne mène à rien.

– C'est vrai, reconnut Ian. Nous sommes confrontés au même problème. Asseyez-vous, je vous en prie.

Irina hésita : ni l'un ni l'autre ne lui inspirait confiance. Elle choisit de s'installer à côté de la fille, espérant qu'elle serait plus facile à maîtriser si besoin. Natalie, tout sourire, se serra pour lui faire de la place sur le canapé.

– Avez-vous réfléchi à notre proposition ? demanda Ian.

Irina n'avait rien d'autre en tête depuis qu'elle avait reçu leur texto, deux heures plus tôt, crypté selon le code algorithmique connu seulement des Lucian. Elle acquiesça.

– Vous en êtes arrivés à la même conclusion que moi. La deuxième clé du mystère n'est pas à Boston.

– Exactement, confirma Ian. Nous avons demandé à nos parents de nous affréter un jet privé. Nous décollons dans moins d'une heure.

« Un jet privé », pensa rageusement Irina. Elle avait connu leurs parents autrefois. Il s'agissait de collectionneurs d'art renommés dans le monde entier. À l'époque, ils étaient dangereux et influents, ils jouaient un rôle important au sein du clan Lucian. Depuis, ils avaient pris leur retraite pour mener une vie paisible à Londres et laissaient leurs gamins se charger de leurs affaires en leur signant de gros chèques en blanc.

Ces petits morveux se fichaient bien des 39 clés. Pour eux, ce n'était qu'une aventure parmi d'autres ! Alors qu'Irina avait ses raisons pour se lancer dans la chasse au trésor, des raisons toutes personnelles. Les

Kabra étaient trop riches, trop chics, trop fiers. Elle allait faire en sorte que ça cesse.

– Et où pensez-vous aller ? reprit-elle.

Ian se pencha en avant, croisant les mains sur ses genoux. On ne lui aurait pas donné quatorze ans. Lorsqu'il souriait, il avait l'air d'un adulte. Un adulte machiavélique.

– Vous savez que tout tourne autour de Benjamin Franklin.

– Bien sûr.

– Alors vous savez où nous nous rendons et ce que nous cherchons.

– Vous comprenez également, susurra Natalie, que nous ne pouvons pas nous permettre que le secret tombe entre d'autres mains. En tant que membres du clan Lucian, nous devons coopérer. Vous pourriez leur tendre un piège.

L'œil droit d'Irina eut un mouvement nerveux, signe de stress. C'était incontrôlable, ce qui l'agaçait au plus haut point.

– Pourquoi ne vous en chargez-vous pas ?

Natalie secoua la tête.

– Si ça vient de nous, ils auront des soupçons. Tandis que vous, vous les duperez sans aucune difficulté.

Irina réfléchit, tentant de repérer les failles de leur plan.

– Et qu'est-ce que j'y gagnerai ?

– Ce sont nos adversaires les plus sérieux, affirma Ian. Ils n'en sont peut-être pas encore conscients, mais cela viendra. Il faut les éliminer au plus vite. Leur disparition nous arrangera tous. De plus, les Lucian mettront à votre disposition de gros moyens dans leur QG Nous aurons bien le temps de nous affronter par la suite. Commençons par nous débarrasser de nos rivaux.

– Et les Madrigal ? demanda Irina.

Elle vit une ombre passer sur le visage de Ian.

– Un ennemi à la fois, cousine.

Ça lui coûtait de l'admettre, mais il avait raison. Elle examina distraitement ses ongles, vérifiant au passage que chacune de ses seringues était bien en place.

– Ça ne vous étonne pas, reprit-elle avec lenteur, que les archives des Lucian contiennent aussi peu d'informations sur Benjamin Franklin ?

Elle savait pertinemment qu'ils avaient dû s'y connecter, tout comme elle l'avait fait. Le regard de Ian s'assombrit.

– C'est vrai qu'il devrait y en avoir davantage. Visiblement, Franklin dissimulait des choses... même à ceux de son clan.

Natalie adressa un sourire glacé à son frère.

– Un Lucian qui ne fait pas confiance aux siens, tu imagines ?

Ian balaya sa remarque d'un revers de main.

– Rien ne sert de se lamenter, ça n'y changera rien. L'urgence, c'est de s'occuper de Dan et d'Amy. Marché conclu, cousine Irina ?

La porte de l'hôtel s'ouvrit. Un homme aux épaules carrées, vêtu d'un complet marron, entra et se dirigea vers la réception. Il détonnait dans ce cadre feutré : un agent de sécurité, peut-être, ou bien un policier en civil. Il n'était pas forcément là pour eux, mais Irina ne voulait prendre aucun risque. Ils étaient restés assis là trop longtemps. Il fallait clore cette entrevue.

– Très bien, conclut-elle, je me charge de les piéger.

Ian et Natalie se levèrent. Irina était soulagée, et sans doute légèrement flattée que les Kabra aient besoin de son aide. Quoi de plus normal, après tout, elle était plus âgée, plus expérimentée.

– Je suis ravie que nous ayons pu trouver un arrangement, dit-elle dans un élan de générosité. Je ne vous veux aucun mal.

– Nous sommes très contents également, répondit Ian. Natalie, je pense que c'est bon, maintenant.

Irina fronça les sourcils sans comprendre. Puis elle se tourna vers l'adorable fillette si innocente dans sa robe blanche et s'aperçut que le petit démon tenait un minuscule pistolet argenté, caché au creux de sa main. Son cœur manqua un battement. Elle avait déjà utilisé ce genre d'engin. Ils lançaient des fléchettes contenant des poisons infiniment plus dangereux que celui qu'elle dissimulait sous ses ongles.

Natalie la gratifia d'un sourire angélique, pointant l'arme sur elle.

– Ravie de vous avoir rencontrée, Irina.

– Oui, renchérit Ian, je vous serrerais bien la main, mais j'aurais peur d'abîmer votre manucure. Prévenez-nous dès que vous aurez mis Dan et Amy hors course, d'accord ?

8. Sur les traces de Benjamin Franklin

Amy sut aussitôt que quelque chose clochait en voyant Nellie sortir de chez le loueur de voitures. Elle fronçait les sourcils, une grosse enveloppe capitonnée à la main.

– Qu'est-ce que c'est que ça ?

– Un paquet pour vous, les amis ! fit-elle en le lui tendant. Quelqu'un le leur a déposé ce matin.

– Ce n'est pas possible ! protesta Amy. Personne n'était au courant de nos projets.

Mais alors qu'elle prononçait ces mots, un frisson courut le long de sa colonne vertébrale. Ils avaient réservé les billets de train et la voiture par Internet la veille au soir, en mettant tout au nom de Nellie.

– À qui est adressée l'enveloppe ? voulut savoir Dan.

– « Pour A. et D. Cahill, de la part de W. MacIntyre. »

– Maître MacIntyre ! s'exclama Dan en lui arrachant le paquet.

– Attends ! hurla sa sœur. Et si c'était un colis piégé ?

Il leva les yeux au ciel.

– Arrête, c'est de la part de…

– Ça pourrait venir de n'importe qui, affirma Amy. Et si ça explose ?

– Waouh ! s'exclama Nellie. Qui serait assez dingue pour envoyer une bombe à deux gamins, franchement ? Qui c'est, d'abord, ce maître MacMachin ?

Dan sourit.

– Moi, je dis qu'on devrait laisser Nellie l'ouvrir.

– Hé, pas question !

– C'est toi, la jeune fille au pair, non ? Tu es censée désamorcer les explosifs pour nous protéger.

– Je conduis, minus. C'est déjà bien assez !

Amy s'empara du paquet en soupirant. Elle s'éloigna de quelques pas sur le parking et décolla prudemment le rabat de l'enveloppe, tournant le dos à Dan et à Nellie.

Rien ne se produisit. À l'intérieur, elle découvrit un cylindre métallique ressemblant en tout point à une lampe torche, sauf qu'à la place de l'ampoule, il y avait une bande de verre violet de la longueur du tube. Une étiquette griffonnée à la hâte y était attachée.

Retrouvez-moi à l'Independance Hall ce soir à huit heures, uniquement si vous avez obtenu le renseignement que vous cherchez.

W.M.

P.S. : Merci d'avoir appelé les secours.

– Quel renseignement ? s'étonna Dan qui lisait par-dessus son épaule.

– Le prochain indice, j'imagine.

– Quel indice ? demanda Nellie.

– Rien, rien, répondirent-ils d'une seule voix.

La jeune fille au pair souffla en l'air pour écarter une mèche noire et jaune de ses yeux.

– Comme vous voulez. Ne bougez pas. Je reviens avec la voiture.

Elle les laissa au milieu des bagages, avec Saladin dans sa caisse de transport toute neuve. Il n'avait pas l'air franchement ravi – pas plus que Nellie – devant les filets de merlan frais qu'ils avaient achetés pour le consoler, mais Amy n'avait pas pu se résoudre à l'abandonner.

– *Mrraw ?* fit-il d'un ton interrogateur.

Amy se pencha pour le caresser à travers les barreaux.

– On ne devrait peut-être pas aller à ce rendez-vous, Dan. Maître MacIntyre nous a recommandé de ne faire confiance à personne.

– C'est *lui* qui nous a envoyé ce paquet, enfin !

– C'est peut-être un piège...

– Eh bien, justement, allons-y. Comme ça, on en aura le cœur net.

Amy tortilla une de ses mèches de cheveux. Elle ne supportait pas que Dan ne la prenne pas au sérieux. Il n'avait aucune notion du danger.

– De toute façon, il faut d'abord qu'on trouve l'indice, fit-elle valoir.

– Tu sais où chercher, non ? T'es super futée.

Super futée. Comme si ça suffisait pour retrouver un minuscule indice dans une ville immense. Avant de quitter Boston, elle avait acheté plusieurs bouquins sur Franklin et Philadelphie chez les bouquinistes. Elle avait passé tout le trajet en train à lire, et pourtant...

– J'ai quelques idées, reconnut-elle, mais va savoir où ça va mener... Ce fameux trésor, le but de la quête, qu'est-ce que ça peut être ?

– Un truc cool.

– Merci de ton aide précieuse. Enfin, qu'est-ce qui pourrait donner une telle puissance ? Et pourquoi 39 clés précisément ?

Il haussa les épaules.

– C'est un nombre intéressant, 39. C'est treize fois trois. C'est aussi la somme de cinq nombres premiers qui se suivent : trois, cinq, sept, onze et treize. Et si on additionne les trois premières puissances de trois – $3^1 + 3^2 + 3^3$ –, ça donne 39.

Amy le dévisagea.

– Comment tu le sais ?

– Bah, c'est évident.

Sa sœur secoua la tête, accablée. Dan aimait se faire passer pour un crétin, mais il était parfois capable de mener ce genre de raisonnement d'un ton très naturel, additionnant les nombres premiers, les puissances de je-ne-sais-quoi et tout un tas de trucs auxquels elle n'aurait jamais pensé. Leur père était prof de maths et, visiblement, Dan avait hérité de toutes ses capacités dans ce domaine. Amy, elle, peinait à retenir un simple numéro de téléphone.

Elle examina l'étrange cylindre métallique que maître MacIntyre leur avait envoyé. Lorsqu'elle l'alluma, il brilla d'une lueur violette.

– Qu'est-ce que c'est que cet engin ? murmura Dan.

– Aucune idée. Mais j'ai l'impression qu'on a intérêt à le deviner d'ici ce soir huit heures.

Amy détestait les voitures presque autant que la foule. Elle s'était promis que, plus tard, elle habiterait dans un endroit où elle n'en aurait pas besoin. Il faut dire que, en général, lorsqu'elle montait à bord, la personne au volant était soit tante Béatrice, soit Nellie, ce qui expliquait son appréhension.

La jeune fille au pair avait loué une Toyota hybride, un véhicule respectueux de l'environnement, ce qu'Amy trouvait parfaitement louable. Le seul problème : elle coûtait deux cent cinquante-huit dollars par jour et, vu comme Nellie appuyait sur le champignon, ça ne risquait pas d'être écologique.

Ils roulaient sur l'autoroute 95, en direction du centre-ville, lorsque Amy jeta un coup d'œil en arrière. Elle sentait un regard dans son dos, comme si on les épiait. Et c'était le cas.

– On est suivis, annonça-t-elle.

– Quoi ? s'étonna Dan.

– Cinq voitures derrière nous, les Starling dans une Mercedes grise.

– Un Starbucks ? s'exclama Nellie. Où ça ? Je boirais bien un bon café.

– Non, les Starling, corrigea Amy. Nos cousins, Ned, Ted et Sinead.

La jeune fille au pair pouffa.

– Rassure-moi, ce ne sont pas leurs vrais noms ?

– Si, je ne plaisante pas. Ils participent aussi à... hum, à la chasse au trésor. Nellie, il faut les semer.

La conductrice ne se le fit pas répéter deux fois. Elle donna un coup de volant à droite coupant les trois autres files. Saladin poussa un hurlement désespéré. Pile au moment où ils allaient percuter le rail de sécurité, elle redressa sa trajectoire et prit la bretelle de sortie.

Amy eut juste le temps d'apercevoir le visage constellé de taches de rousseur de Sinead collé à la vitre de la Mercedes. Bouche bée, elle regardait Amy et Dan leur échapper.

– C'est bon, on les a semés ? demanda Nellie.

– *Mrraw !* s'indigna Saladin.

– Tu aurais pu nous tuer ! s'écria Dan avec un sourire radieux. Allez, on recommence.

– Non ! protesta sa sœur. Maintenant, on file à Locust Street !

Ils s'arrêtèrent d'abord devant un grand bâtiment de brique rouge : la *Library Company of Philadelphia*[1]. Amy et Dan demandèrent à Nellie de les attendre dans la voiture avec le chat.

– Pff ! soupira le garçon. Encore une bibliothèque. Ça ne nous a pas franchement porté chance, jusque-là.

– C'est Franklin qui l'a créée. Elle abrite de nombreux volumes de sa collection personnelle. Si on arrive à convaincre les conservateurs de…

– Encore Franklin ! râla-t-il. Bon, d'accord, il a inventé l'électricité ou je ne sais quoi. Mais c'était il y a des siècles !

– Ce n'est pas lui qui l'a inventée, répliqua sa sœur en s'efforçant de ne pas montrer son agacement. Il a découvert que la foudre et l'électricité, c'était pareil. Il a créé des paratonnerres pour protéger les bâtiments, a mené des expériences sur les batteries, les piles et…

– Moi aussi, je fais ce genre de trucs. Tu as déjà mis une pile dans ta bouche ?

– Espèce d'idiot. Franklin avait plusieurs cordes à son arc. Il a commencé à gagner sa vie grâce à son

---

1. En anglais, *library* signifie « bibliothèque ». La *Library Company* est une grande bibliothèque de recherche fondée par Benjamin Franklin (NDT).

imprimerie, puis il s'est intéressé aux sciences et il a inventé pas mal de choses.

Plus tard, il a participé à la rédaction de la déclaration d'Indépendance et de la Constitution. Il a même été le premier ambassadeur des États-Unis en Angleterre et en France. Il était génial. Connu dans le monde entier. Tout le monde l'aimait. Et il est mort à plus de quatre-vingts ans, tu imagines !

– Superman, commenta Dan.

– Ouais, si on veut.

– À ton avis, il savait ce que c'était, le fameux trésor des Cahill,… enfin le machin qu'on recherche ?

Amy ne s'était pas posé la question. Franklin avait été l'un des personnages les plus influents de l'histoire des États-Unis. S'il faisait bien partie de la famille et qu'il connaissait le trésor secret…

– Eh bien, c'est ce qu'on va voir…, déclara-t-elle.

Elle poussa la porte et s'écarta pour laisser entrer son frère.

Par chance, il n'y avait pas grand monde à la bibliothèque ce jour-là. De plus, Amy se sentait parfaitement dans son élément. Les conservateurs ne l'intimidaient pas. Quand elle leur expliqua qu'elle avait besoin de documents historiques pour son exposé sur Franklin, ils se mirent en quatre pour l'aider.

Ils fournirent à Amy et à Dan des gants en latex et les installèrent dans une salle de lecture à la température et au taux d'humidité contrôlés, tandis qu'ils allaient leur chercher les ouvrages anciens à consulter.

Lorsqu'une conservatrice posa la pile sur la table, Amy laissa échapper un petit cri :

– Oh, le premier dessin humoristique de Franklin !

Dan l'examina, les yeux plissés. Il représentait un serpent coupé en treize morceaux portant chacun le nom d'une des colonies américaines.

– Je ne vois pas ce qu'il y a de drôle.

– Ce n'était pas censé faire rire, plutôt diffuser un message, expliqua Amy. Il voulait montrer que, si les colonies ne parvenaient pas à se mettre d'accord, la Grande-Bretagne se chargerait de faire le découpage.

– Mm, fit-il, distraitement.

Il se tourna de nouveau vers son ordinateur. Ils n'étaient pas là depuis cinq minutes que, déjà, il s'ennuyait et pianotait au lieu d'aider sa sœur.

Amy étudia avec attention tous les documents : un journal imprimé sur la presse de Franklin, un exemplaire du *Pilgrim's Progress* qui lui avait appartenu. C'était extraordinaire… mais que cherchait-elle exactement ?

– Vous avez tout ce qu'il vous faut ? demanda la conservatrice.

Avec ses cheveux frisottés et ses lunettes à double foyer, elle avait l'air d'une gentille sorcière.

– Non, pas vraiment… j'aimerais quelque chose qui… qui ait réellement compté pour Franklin.

La conservatrice réfléchit un instant.

– Sa correspondance, peut-être ? Il a beaucoup écrit à ses amis et à sa famille, surtout lorsqu'il vivait en Europe. Je vais vous apporter quelques lettres.

Elle repoussa ses lunettes sur son nez avant de quitter la pièce.

– C'est aussi une invention de Franklin, remarqua Amy d'un air absent.

Dan fronça les sourcils.

– Quoi ? Les bibliothécaires ?

– Non, les lunettes à double foyer. Il a découpé deux verres et les a collés en demi-lune, afin de pouvoir voir de près et de loin avec la même paire.

– Oh.

Dan ne paraissait pas franchement impressionné. Il retourna à son ordinateur, tripotant sans cesse l'étrange lampe torche de maître MacIntyre.

La conservatrice revint avec une nouvelle pile de documents, dont une liasse de lettres conservées dans des pochettes en plastique. Amy s'y plongea, sans trop y croire. Rien ne lui sautait aux yeux. Rien qui ressemble à un indice.

Dan se redressa brusquement.

– J'ai trouvé !

– Quoi ?

Amy pensait que son frère était en train de jouer, mais lorsqu'il tourna l'écran vers elle, elle découvrit la photo d'une torche semblable à celle de maître MacIntyre.

– C'est une lumière noire ! annonça-t-il victorieusement.

– Oh ! fit la conservatrice. Très ingénieux. Nous en utilisons également.

Amy releva la tête.

– Pourquoi ? À quoi ça sert ?

– À déceler les inscriptions secrètes, expliqua la dame. Pendant la guerre d'Indépendance, les espions écrivaient à l'encre invisible pour s'envoyer des messages sous couvert de documents anodins, comme des lettres d'amour ou des courriers commerciaux. Le destinataire utilisait une source de chaleur ou un produit chimique pour révéler ce qui était noté entre les lignes. Nous, pour ne pas endommager nos documents, nous nous servons de la lumière noire.

Amy saisit la petite torche.

– Pourrions-nous… ?

– Je vais vous épargner des recherches inutiles, répondit la conservatrice. Nous avons tout vérifié sans trouver, hélas, aucun message secret.

La gorge de la jeune fille se serra. Ils avaient fait fausse route en venant ici. Elle avait bien encore quelques pistes, mais le temps pressait.

Des messages secrets… Franklin avait écrit de nombreuses lettres à sa famille et à ses amis lorsqu'il vivait en Europe. « Suivre Franklin. » Une idée saugrenue commença à germer dans son esprit.

Elle se tourna vers la conservatrice.

– Vous avez dit que sa correspondance comptait beaucoup pour lui. Y a-t-il d'autres endroits où seraient conservées ses lettres ?

La dame sourit.

– C'est drôle que vous me posiez la question. Car justement, ce mois-ci, ses documents manuscrits sont exposés au Franklin Institute…

Amy se leva d'un bond.

– Au musée des Sciences ? Sur la 20e rue ?

– Oui, confirma la conservatrice, un peu surprise. Mais…

– Merci !

Sans plus attendre, Amy fila avec son frère sur les talons.

Ils se rendirent en voiture au musée des Sciences. Nellie n'était pas franchement ravie d'attendre encore en compagnie du chat, mais ils lui promirent qu'ils ne seraient pas longs. Dans le hall d'entrée du musée, un Franklin de plus de cinq mètres de haut les toisait, assis dans son fauteuil géant de marbre blanc.

– Nom d'un almanach ! Il était costaud ! s'exclama Dan.

Amy acquiesça.

– Vers la fin de sa vie, il était tellement lourd qu'il fallait quatre personnes pour soulever sa chaise à porteurs.

– Génial, j'en veux une, moi aussi, décréta-t-il.

Sa sœur haussa les épaules.

– Tu pèses quarante kilos tout mouillé.

– Nouvelle RÉSOLUTION : manger plus de glace à la cerise.

– Allez, viens !

Le musée était immense, ils durent regarder sur le plan où se trouvait la galerie consacrée à Franklin. L'après-midi touchait à sa fin et les lieux étaient déserts.

– Hé, regarde ! fit Dan en attrapant le poignet d'Amy avec un bras mécanique.

– Arrête ! protesta-t-elle. Franklin l'a conçu pour atteindre les objets rangés en hauteur, pas pour embêter les grandes sœurs.

– Parce qu'il n'en avait pas, je parie.

– Eh bien si, justement. Dan, il faut qu'on trouve ses lettres. Tiens-toi tranquille.

En poursuivant leur visite, ils virent les autres inventions de Franklin : paratonnerres, lunettes à double foyer et une des premières piles électriques, constituée d'une caisse en bois pleine de pots en verre entourés de fils métalliques.

– Un peu gros pour un téléphone portable, remarqua Dan. Waouh ! Qu'est-ce que c'est que ça ?

Il courut vers une autre vitrine. À l'intérieur se trouvait une console en acajou contenant une série de bols en verre emboîtés les uns dans les autres, à l'horizontale.

– Un harmonica de verre, fit Amy en lisant l'écriteau. Pour en jouer, il suffit de frotter le bord des bols en ayant les mains mouillées.

– Trop fort. Encore une trouvaille de Franklin ?

– Oui, apparemment, cet instrument était très populaire à l'époque. De nombreux musiciens ont composé…

Soudain, elle se figea net.

– Quoi ?

– L'homme en noir. Vite !

Elle prit son frère par la main et l'entraîna dans la galerie. Ils s'arrêtèrent deux salles plus loin, à l'abri d'un énorme globe en verre figurant le Système solaire.

– Qu'est-ce qu'il fabrique ici ? chuchota Amy.

– On a survécu à l'incendie, alors il revient à la charge, supposa Dan. On ne peut pas ressortir par la porte principale. Il va nous attendre.

Cherchant des yeux une autre issue, Amy remarqua les documents exposés juste derrière eux : des vitrines entières de vieux parchemins jaunis, couverts de pattes de mouche !

– La correspondance de Franklin ! Passe-moi la lumière noire !

Dan fouilla dans son sac à dos et en tira la lampe. Ils éclairèrent la première lettre. C'était visiblement un bon de commande.

Monsieur,

Je vous ai écrit dernièrement de New York, en espérant que cette lettre vous parvienne. Je vous demande de bien vouloir me faire expédier au plus vite les fournitures suivantes :

1 dictionnaire d'anglais Cole
3 traités de comptabilité Mathers
1 dose de solution de fer
2 atlas des Amériques du baron Waggoner.

Le rayon de lumière noire ne fit rien apparaître sur le papier.

– Passons à celle d'après ! ordonna Amy.

– Waouh ! s'exclama son frère.

– Tu as trouvé ?

– Non, mais regarde ! Tu as vu ça ? Il a écrit tout un article sur les pets ! annonça-t-il d'un air malicieux. Il propose d'étudier scientifiquement leurs différentes odeurs. Tu as raison, Amy. Ce type était un génie !

– Dan, sombre crétin ! Continue à chercher.

Ils scrutèrent quatre autres documents à la lueur de la lumière noire. Rien. Puis ils arrivèrent au cinquième.

– Là ! s'écria Dan.

Par chance pour Amy, ce document ne concernait pas les pets. C'était une lettre que Benjamin Franklin avait envoyée de Paris, en 1785, à un certain Jay. Elle ignorait de quoi il s'agissait et elle n'avait pas le temps de la lire. Mais la lumière noire avait fait apparaître entre les lignes des mots d'un jaune luisant, un message secret de la main de Benjamin Franklin :

Je dois bientôt quitter malgré moi
Les mille merveilles de céans
Mais je laisserai derrière moi
Ce qui a divisé mon clan.

En dessous, il avait dessiné dans un blason deux serpents entrelacés autour d'une épée.

Amy en avait le souffle coupé.

– C'est... c'est le même blason que chez Grace. Celui avec le L. Franklin devait être un Lucian.

– À ton avis, c'est la deuxième clé du mystère ou seulement un indice menant à un autre indice ? demanda Dan.

Il entendit le déclic d'un appareil photo, puis une voix dans son dos :

– C'est ce qu'on va voir. Bien joué, en tout cas.

En se retournant, Amy se retrouva cernée par les Starling. Sinead avait à la main son portable qui avait visiblement servi à photographier *leur* indice. Ses frères, Ned et Ted, l'encadraient, un sourire mauvais aux lèvres.

– Vous nous avez semés sur l'autoroute, reconnut Sinead. Mais heureusement, la liste de lieux consacrés à Franklin dans cette ville n'est pas si longue que ça. Merci pour l'indice !

Elle arracha la lumière noire des mains de Dan.

– Maintenant, écoutez-moi bien. Vous allez rester dans ce musée encore une demi-heure. Laissez-nous une petite avance, sinon, on sera obligés de vous ligoter. Si vous partez plus tôt que prévu, je vous jure que Ted et Ned le sauront. Et ils ne seront pas contents.

Les deux frères leur lancèrent un regard noir.

Sinead allait partir quand Amy bafouilla :

– A-a-attendez !

L'autre haussa un sourcil.

– Il y a un homme qui-qui…, commença-t-elle.

Les Starling la toisaient d'un air tellement glacial qu'elle était pétrifiée.

– Un homme qui quoi ?

– Il nous espionne, expliqua Dan. Il nous a suivis. C'est risqué de sortir par la porte principale.

Sinead sourit.

– Vous vous inquiétez pour nous ? C'est trop mignon, Dan, mais JE NE TE CROIS PAS ! martela-t-elle en lui plantant l'index dans le ventre à chaque syllabe.

Les triplés éclatèrent de rire et tournèrent les talons pour gagner la sortie.

Avant même qu'Amy ait pu réagir, un grondement sourd fit trembler le plancher. Et soudain… BOUM !

Les vitrines volèrent en éclats. Le bâtiment entier était ébranlé. Amy fut projetée contre son frère et ils s'affalèrent par terre.

Lorsqu'elle revirt à elle, elle voyait trouble. Elle ignorait combien de temps elle était restée étendue là, assommée. Elle se releva en titubant et tira Dan par le bras.

– Viens ! hurla-t-elle, sans entendre sa propre voix.

« Quoi ? », lut-elle sur les lèvres de son frère.

Elle l'aida à se diriger vers la sortie. Traversant d'épais nuages de poussière et de fumée, ils voyaient à peine devant eux. Un tas de décombres était tombé en travers de la galerie Franklin, comme si une partie du plafond s'était effondrée. Sur le sol, juste aux pieds d'Amy, gisait la torche à lumière noire, en morceaux, et le téléphone portable de Sinead.

En revanche, les Starling avaient disparu.

9. Rendez-vous à Paris...

Dan avait beau être fasciné par les explosifs, il avait moyennement apprécié d'en être victime.

Dans la voiture, Amy se cramponnait au panier de Saladin comme à une bouée de sauvetage. Tout en les conduisant à l'Independence Hall, Nellie ne cessait de hurler, furieuse qu'ils aient été aussi imprudents. Dan entendait tellement mal qu'il avait l'impression d'être au fond d'un aquarium.

– C'est dingue ! répétait-elle. Une vraie bombe ? Je croyais que c'était une blague !

Amy se frotta les yeux.

– Les Starling, ils ont dû...

– Peut-être qu'ils s'en sont sortis, affirma son frère sans conviction.

Affolés, ils avaient pris la fuite sans savoir ce qu'étaient devenus les triplés. Ils avaient retrouvé le portable de Sinead juste à l'endroit où le toit s'était écroulé, ce n'était pas bon signe. Nellie donna un coup de volant pour s'engager dans la 6e rue.

– Franchement, c'est grave, votre histoire. Quelqu'un a quand même essayé de vous tuer. Pas question de jouer les baby-sitters dans...

– Les jeunes filles au pair, corrigea Dan.

– Peu importe !

Elle gara la voiture devant l'Independence Hall. À la lueur du soleil couchant, c'était une vraie carte postale : une bâtisse de brique rouge avec un clocher blanc muni d'une horloge, entouré d'arbres et de massifs de fleurs, avec la statue d'un personnage historique quelconque devant. Il n'était pas si impressionnant que ça, comparé aux immenses gratte-ciel alentour, mais à l'époque, ce devait être l'un des plus grands bâtiments de la ville. Dan imaginait Franklin et ses copains, avec leurs perruques poudrées et leurs tricornes, assis sur les marches, en train de discuter de la déclaration d'Indépendance, de la Constitution ou du dernier article de ce sacré Ben sur les pets.

– Écoutez, les nains, reprit Nellie, je ne marche plus. Je ne sais pas dans quel pétrin vous vous êtes fourrés. En tout cas, c'est beaucoup trop dangereux pour des gamins. Je vous rapatrie illico chez votre tante.

– Non, Nellie ! Pas ça, supplia Dan. Elle va...

Il s'interrompit. La jeune femme plissa ses yeux pailletés.

– Elle va quoi ?

Dan se tourna vers sa sœur, espérant qu'elle viendrait à son secours, mais Amy était encore en état de choc, le front collé à la vitre, les yeux dans le vide.

– Rien. Nellie, c'est très important pour nous. Je t'en prie, attends.

– Bon, il me reste six morceaux à écouter sur mon iPod, O.K. ? Si, à la fin du dernier, vous n'êtes pas revenus et prêts à me fournir une bonne explication, j'appelle Béatrice.

– D'accord ! promit Dan.

Il poussa sa sœur hors de la voiture, mais elle ne voulait pas lâcher le panier de Saladin.

– Qu'est-ce que tu fabriques ? Laisse-le là.

– Non, répliqua-t-elle en posant une couverture dessus. Il faut qu'on le prenne avec nous.

Dan ne voyait pas pourquoi, cependant il préféra ne pas discuter. Ils traversèrent le parvis de l'Independence Hall d'un pas pressé. Ils avaient gravi la moitié des marches lorsqu'ils s'aperçurent que le monument était fermé.

– Comment on va faire ? soupira-t-il.

– Les enfants ! Par ici !

William MacIntyre était adossé au bâtiment, à moitié caché derrière un buisson de roses. Amy courut à sa rencontre et serra le vieil homme, tout gêné, dans ses bras. Il avait la main gauche bandée et une balafre sous l'œil. À part ça, il avait l'air plutôt en forme pour quelqu'un qui vient de sortir de l'hôpital.

– Je suis content que vous soyez sains et saufs. J'ai vu ce qui s'était passé au Franklin Institute aux informations. Je suppose que vous vous y trouviez ?

– C'est affreux, murmura Amy.

Elle lui raconta tout, depuis la découverte de la bibliothèque secrète de Grace jusqu'à la disparition des Starling dans l'explosion, sans oublier de mentionner cet homme en noir qui les suivait partout.

Maître MacIntyre fronça les sourcils.

– J'ai appelé l'hôpital universitaire Jefferson. Les triplés vont s'en tirer, mais ils sont gravement blessés. Ils ne seront pas sur pied avant des semaines, ce qui signifie qu'ils sont hors jeu, j'en ai peur.

– C'est l'homme en noir, affirma Dan. Il voulait nous éliminer.

Un tic nerveux fit palpiter la paupière du notaire. Il ôta ses lunettes pour les essuyer avec sa cravate.

– D'après ce que vous me décrivez, je dirais qu'il s'agissait d'une bombe incapacitante. Une technologie de pointe, destinée à paralyser les victimes et à ne causer que des dégâts localisés. Cette personne s'y connaissait.

– Comment se fait-il que vous soyez aussi calé sur la question ? s'étonna le garçon.

D'après le regard que maître MacIntyre lui jeta, il eut clairement l'impression que ce dernier n'avait pas toujours été notaire. Il avait dû vivre de drôles de choses dans sa vie, et souvent côtoyer le danger.

– Il faut être prudent, Dan. Cette explosion a failli vous mettre hors course. J'espérais ne pas devoir intervenir. Rester parfaitement impartial. Mais lorsque le manoir de votre grand-mère a brûlé… eh bien, j'ai réalisé dans quelle situation fâcheuse je vous avais mis.

– C'est pour ça que vous nous avez envoyé la lumière noire ?

Il hocha la tête.

– Tous les autres concurrents ont l'air déterminés à vous éliminer. Ça m'inquiète.

– Mais ils ont échoué ! On est les seuls à avoir la deuxième clé du mystère, pas vrai ?

– Dan, ce n'est qu'une piste menant à la deuxième clé. Une piste très intéressante, certes, et je suis heureux que mon petit cadeau vous ait été utile. Les autres emprunteront peut-être d'autres voies pour découvrir la deuxième clé. Ou, s'ils pensent que vous êtes en possession d'informations utiles, ils feront comme les Starling, ils tenteront de vous les arracher.

Dan se retint de donner un coup de pied dans le mur. Chaque fois qu'ils croyaient toucher au but, un obstacle surgissait en travers de leur chemin.

– Bon, alors comment saura-t-on qu'on a bien trouvé la deuxième clé ? Ce sera écrit dessus ?

– Vous le saurez, affirma le notaire. Il s'agira d'un élément… plus substantiel. Une pièce essentielle du puzzle.

– Génial, grommela Dan. Voilà qui nous éclaire vraiment.

– Et si Nellie avait raison ? fit sa sœur d'une voix étranglée. Et si c'était trop dangereux pour deux enfants ?

– Ne dis pas ça ! la coupa-t-il.

Elle se tourna vers lui, les yeux brillants d'angoisse.

– Les Starling sont à l'hôpital… La chasse au trésor n'a commencé qu'hier et on a déjà failli mourir deux fois ! On ne va pas pouvoir continuer comme ça !

Il avala sa salive. Elle avait raison. Mais ils ne pouvaient pas non plus laisser tomber, si ? Il s'imagina en train d'implorer le pardon de tante Béatrice. Il pourrait racheter ses collections, retourner à l'école, reprendre une vie normale où l'on n'essayait pas de le brûler vif ou de le réduire en bouillie toutes les cinq minutes.

Maître MacIntyre avait dû lire dans ses pensées, car il était devenu livide.

– Non, les enfants. Il ne faut même pas y songer !

– Nous ne sommes même pas majeurs, bégaya Amy. Vous ne pouvez pas nous demander de...

– C'est trop tard, mes pauvres !

L'espace d'un instant, le notaire sembla complètement paniqué... terrifié, même, à l'idée qu'ils puissent quitter la course. Dan ne comprenait pas pourquoi. Le vieil homme prit une profonde inspiration et tenta de se reprendre.

– Impossible de faire machine arrière ! Votre tante Béatrice était hors d'elle que vous soyez partis. Elle a envisagé d'engager un détective privé pour vous rechercher !

– Alors qu'elle se fiche complètement de ce qui peut nous arriver ! s'écria Dan.

– C'est fort possible mais, en attendant qu'elle vous confie aux services sociaux, elle risque d'avoir de gros ennuis s'il vous arrive quoi que ce soit. Rentrez à Boston et vous vous retrouverez en foyer. Et sans doute séparés. Vous ne pouvez pas reprendre votre vie comme si de rien n'était.

– Vous pourriez nous aider, non ? insista Amy. Vous êtes juriste...

– Je vous ai déjà trop aidés. Je ne peux pas faire plus que vous fournir quelques informations de temps à autre.

Dan saisit aussitôt la perche.

– Quel genre d'informations ?

Maître MacIntyre baissa la voix.

– L'un de vos adversaires, Jonah Wizard, s'apprête à partir outre-Atlantique. Je crains que vous ne croisiez son chemin très prochainement. Avec son père, ils ont réservé leurs billets en première classe ce matin.

– Où vont-ils ?

– Les renseignements que vous venez de découvrir ont dû vous l'apprendre.

– Oui, confirma Amy. Je le sais. Et on sera là-bas les premiers.

Son frère ignorait de quoi elle parlait, mais il était content de la voir retrouver sa combativité. Ce n'était pas drôle de la taquiner quand elle était au bord des larmes.

Elle le regarda et ils conclurent un accord tacite.

– On continue pour l'instant, déclara-t-elle. Juste une question, maître MacIntyre : pour quelle raison êtes-vous là, sincèrement ? Vous n'aidez pas les autres équipes, n'est-ce pas ?

Le vieux notaire hésita et finit par lâcher :

– Au musée, vous avez averti les Starling du danger, d'après ce que vous m'avez raconté.

– Oui, bien sûr, confirma-t-elle.

– Dans le cas inverse, ils n'auraient pas fait pareil pour vous.

– Sans doute, mais ça nous semblait impensable de ne pas les prévenir.

— Intéressant…

Il jeta un coup d'œil vers la rue.

— Je ne peux vous en dire plus. Il faut…

— Une minute, supplia Amy. J'ai une dernière faveur à vous demander.

Elle découvrit le panier de Saladin. Son frère comprit soudain pourquoi elle l'avait apporté.

— Oh non, Amy !

— On n'a pas le choix, Dan. C'est trop dangereux pour lui.

Il allait protester mais se ravisa finalement. Il avait traîné ce pauvre chat dans un conduit d'aération enfumé, puis l'avait laissé enfermé des heures dans cette minuscule caisse, à bord du train, et de la voiture. Et si Saladin avait été avec eux lors de l'explosion ? S'il lui arrivait quelque chose, Dan ne se le pardonnerait jamais.

— O.K., soupira-t-il.

— Ne serait-ce pas le chat de Grace ? s'étonna maître MacIntyre. Comment avez-vous… ?

— On l'a sauvé de l'incendie, expliqua Amy. On voulait le garder mais… on ne peut pas l'emmener avec nous. Ce ne serait pas une vie, pour lui. Pourriez-vous veiller sur lui ?

— *Mrraw !*

Saladin jeta un regard désespéré à Dan, l'air de dire : « C'est une blague ou quoi ? » Le notaire faisait à peu près la même tête.

— Je ne sais pas, les enfants. Je n'ai pas un très bon contact avec les animaux. J'ai bien eu un chien autrefois. Il s'appelait Oliver…

– Je vous en prie ! insista Amy. Notre grand-mère tenait beaucoup à lui. Je veux être sûre qu'il ne lui arrive rien.

Le vieil homme avait visiblement très envie de prendre ses jambes à son cou. Il se contenta de pousser un profond soupir.

– Bon, d'accord, provisoirement.

– Merci !

Amy lui tendit le panier de transport.

– Il ne mange que du poisson frais. Son péché mignon, ce sont les filets de merlan.

– Du merlan ? Bien… je verrai ce que je peux faire.

– *Mrrr !* s'indigna Saladin, ce qui signifiait sans doute : « Je n'arrive pas à croire que vous me laissiez avec ce vieux ronchon qui ne connaît rien aux chats. »

– Vous feriez mieux de filer, les enfants. Votre baby-sitter s'impatiente. Et surtout, n'oubliez pas mon conseil : ne faites confiance à personne !

Sur ces mots, William MacIntyre s'en fut à grands pas, tenant le panier de Saladin à bout de bras comme s'il était radioactif.

Tandis qu'ils retournaient à la voiture, Amy annonça :

– En route pour Paris.

Dan pensait à Saladin. De plus, ses oreilles sifflaient encore à cause de l'explosion, si bien qu'il crut avoir mal entendu.

– Paris… tu veux dire, en France ?

Amy sortit le téléphone portable de Sinead Starling de sa poche. La photo de la lettre de Benjamin Franklin était toujours affichée sur l'écran. Le message secret apparaissait en jaune à la lueur de la lumière noire.

– Vers la fin de sa vie, Franklin était ambassadeur des États-Unis à Paris. Il travaillait à la rédaction d'un traité de paix pour mettre fin à la guerre d'Indépendance. Il habitait dans le quartier de Passy et les Français le considéraient comme une vraie star.

– Parce que les stars sont grosses, vieilles et chauves en France ?

– Je t'ai dit que Franklin était célèbre dans le monde entier. Il était ami avec les plus grands philosophes, il était invité partout, il aimait beaucoup la France. Enfin, bref, dans son message secret, il annonce qu'il va quitter Paris. La lettre date de 1785. Je suis pratiquement sûre que c'est l'année où il est rentré en Amérique. D'après son mot, il a donc laissé quelque chose derrière lui à Paris.

– Quelque chose qui a divisé son clan, poursuivit Dan. Tu penses qu'il parlait des différentes branches de la famille Cahill ?

– C'est possible…

Amy entortilla une mèche autour de son doigt.

– Dan, tu sais, tout à l'heure… Je ne voulais pas vraiment abandonner. Mais j'ai très peur.

Il hocha la tête. Même s'il ne voulait pas l'admettre, l'explosion et la présence de l'homme en noir au musée lui avaient aussi flanqué la frousse.

– C'est bon. De toute façon, on est obligés de continuer, hein ?

– On n'a pas le choix.

Ils n'étaient pas arrivés au niveau de la voiture que la portière s'ouvrit à la volée. Nellie leur fonça dessus, un écouteur pendant dans le cou. Elle brandissait son portable comme si elle voulait les assommer avec.

– Devinez quoi ? Je viens de recevoir un message des services sociaux de Boston !

Amy pâlit.

– Qu'est-ce que tu leur as dit ?

– Rien pour l'instant. J'attends vos explications lumineuses !

– Nellie ! Je t'en prie ! On a besoin de toi ! supplia Dan.

– Ils sont à votre recherche ! hurla-t-elle. Votre tante ne sait même pas où vous êtes ! Vous imaginez les ennuis que je vais avoir à cause de vous ?

– Jette ton téléphone, suggéra le garçon.

– QUOI ? rugit-elle.

– Fais comme si tu n'avais pas eu le message, insista-t-il. Laisse-nous un peu de temps. On doit partir pour Paris et il faut un adulte pour nous accompagner.

– Si tu t'imagines que je… hein ? Tu as bien dit Paris ?

Dan sauta sur l'occasion. Il prit un air abattu et soupira :

– Ouais, on devait prendre des billets d'avion pour Paris, réserver une chambre dans un grand hôtel en plein centre près des meilleurs restaurants et tout. Tant pis…

– Juste quelques jours, Nellie, renchérit Amy. S'il te plaît ! On ne t'a pas menti. Cette chasse au trésor est vraiment très importante pour nous. On sera prudents, promis. On leur dira que ce n'était pas ta faute. Mais si on rentre à Boston maintenant, ils nous mettront en foyer. On ne pourra pas participer à la chasse au trésor et on risque même de courir un plus grand danger !

– Et en plus, tu n'iras pas à Paris, fit valoir Dan.

Qui sait lequel de leurs arguments la convainquit. Elle glissa son portable dans sa poche, puis s'agenouilla afin de les regarder dans les yeux.

– D'accord pour cette fois. Je risque gros, les nains. Je veux que vous me le juriez : après Paris, on rentre à la maison, O.K. ?

Dan avait envie de répliquer qu'ils n'avaient plus de maison. Il se contenta de croiser les doigts dans son dos en répondant :

– Promis.

– Promis, répéta Amy.

– Je vais le regretter, je le sens, murmura Nellie. Mais bon, autant avoir des regrets à Paris.

Elle retourna à la voiture et reprit le volant.

Resté en arrière, Dan lança un regard à sa sœur.

– Hum… pour l'argent, j'imagine qu'on a assez pour trois allers simples, l'hôtel et les repas pendant une semaine environ. En revanche, je ne suis pas sûr qu'on ait de quoi rentrer. Si Nellie l'apprend…

– On s'en inquiétera en temps voulu, répliqua Amy.

Et elle courut à la voiture, tirant déjà son passeport de sa poche.

IO. Embuscade à Roissy

Alistair Oh venait de passer la douane lorsque ses ennemis se dressèrent en travers de son chemin.

– Bonjour, tonton ! lança Ian en surgissant sur sa droite. Vous avez fait bon voyage ?

Le vieil homme fit un pas vers la gauche, mais Natalie Kabra lui bloquait le passage.

– Je n'essaierais pas de m'enfuir si j'étais vous, oncle Alistair, dit-elle d'une voix suave. Vous n'imaginez pas le nombre d'armes que je réussis à transporter malgré les contrôles de sécurité.

Elle inclina la tête vers la poupée de porcelaine vêtue de satin bleu qu'elle portait sous son bras. Elle était bien trop âgée pour avoir un tel jouet, mais un battement de cils avait sûrement convaincu les douaniers du contraire.

– Qu'est-ce que c'est que ça ? s'enquit Alistair en s'efforçant de conserver son calme. Revolver ? Explosif ?

Natalie sourit.

– J'espère que vous n'aurez pas l'occasion de le découvrir. Ça risquerait d'être un peu salissant.

– Continuez à avancer, *tonton*, ordonna Ian avec toute l'ironie dont il était capable. Nous ne voulons pas éveiller les soupçons.

Ils traversèrent donc le terminal à grands pas. Le cœur d'Alistair battait à tout rompre. Il sentait *l'Almanach du Bonhomme Richard* peser dans la poche de sa veste.

– Alors comment avez-vous fait pour vous introduire ici avec des armes ? demanda-t-il.

– Oh, nous sommes venus en jet privé. Dans ces cas-là, le service de sécurité est nettement plus coulant. Mais nous tenions à être présents pour vous accueillir.

– Quelle délicate attention ! Malheureusement, je n'ai pas ce que vous recherchez.

– Nos sources affirment le contraire, répliqua Natalie. Donnez-nous le livre.

Alistair avala sa salive.

– Comment... comment pouvez-vous savoir... ?

– Les nouvelles vont vite, affirma-t-elle. Nous avons des informateurs...

– Natalie ! la coupa son frère. Arrête de parler, je m'en charge, merci beaucoup. Contente-toi de tenir la poupée.

Elle fit la grimace, brisant son image de petite fille charmeuse.

– Je parle si je veux ! Père et mère ont dit...

– Peu importe. C'est moi qui dirige les opérations.

La gamine, furieuse, ravala sa colère, serrant la poupée contre sa poitrine avec une nervosité qui inquiétait beaucoup Alistair. L'engin devait sans doute être équipé d'un détonateur, et il n'avait aucune envie de découvrir ce qui se passait si on l'actionnait.

– Vous ne souhaitez tout de même pas déclencher une nouvelle guerre entre nos deux clans, fit-il avec diplômatie. D'un seul coup de fil, je peux mobiliser des soutiens de Tokyo à Rio de Janeiro.

– Nous de même, déclara Ian. Je connais l'histoire de la famille, Alistair. Si je ne me trompe pas, la dernière fois que nos clans se sont affrontés, cela n'a pas très bien tourné pour le vôtre…

Alistair continuait à avancer, cherchant une issue. Un gendarme se tenait à un poste de sécurité, à une vingtaine de mètres. S'il arrivait à créer une diversion…

– Vous faites référence à l'explosion de 1908 en Sibérie, dit-il. Oui, très impressionnant. Mais aujourd'hui l'enjeu est plus grand encore.

– Tout à fait, acquiesça Ian. Alors file-nous le bouquin avant qu'on te fasse du mal, vieux croûton.

Natalie éclata de rire.

– Si tu t'entendais, Ian ! Franchement…

Son frère fronça les sourcils.

– Quoi ?

« Plus que cinq mètres avant le poste de sécurité, pensait Alistair. Pas de panique. »

– Oh ! rien, reprit-elle d'un ton dégagé. Tu n'es vraiment pas doué. Sans moi, tu ne parviendrais même pas à effrayer ce pitoyable vieillard.

Le visage de Ian se durcit.

– Bien sûr que si, espèce de petite...

Natalie se posta devant son frère pour le défier du regard. Alistair saisit l'occasion. Il recula d'un pas, puis s'éclipsa et, le temps que les Kabra reprennent leurs esprits, il était aux côtés du gendarme, et parlait d'une voix forte de façon à ce que tout le monde l'entende.

– Merci, mes petits ! leur cria-t-il. Mais vos parents vont s'inquiéter. Filez vite les prévenir que je les retrouve dehors dans une minute. J'ai quelques questions à poser à cet agent d'abord. J'ai bien peur d'avoir oublié de déclarer certains produits à la douane.

– Comment ça ? s'exclama le gendarme. C'est très grave, monsieur. Suivez-moi, je vous prie.

Alistair haussa les épaules d'un air désolé.

– Excusez-moi, les enfants. À tout à l'heure.

Les yeux de Ian étincelaient de fureur. Il parvint malgré tout à esquisser un sourire forcé.

– Bien sûr, tonton. Ne t'en fais pas. On se reverra, c'est certain. Viens, Natalie.

Il siffla son nom entre ses dents serrées en ajoutant :

– Il faut qu'on parle.

– Aïe ! protesta-t-elle lorsqu'il lui saisit le poignet, mais il la força à avancer jusqu'à la sortie.

Alistair soupira, soulagé. Il suivit docilement le gendarme au poste de douanes, où après vingt bonnes minutes de discussions et de fouille, il constata – quelle surprise ! – que finalement il n'avait rien à déclarer. Les douaniers, agacés, le laissèrent repartir, croyant avoir affaire à un vieillard un peu dérangé.

En s'éloignant, Alistair s'autorisa à sourire. Ian et Natalie avaient beau être des adversaires coriaces, il ne s'agissait néanmoins que de deux gamins. Ce n'était pas à un vieux singe comme lui qu'ils allaient apprendre à faire la grimace, surtout quand son avenir et celui de son clan étaient en jeu.

Il tapota l'*Almanach du Bonhomme Richard*, toujours en sécurité dans sa poche. Il possédait sans doute une bonne longueur d'avance sur les autres équipes. Après tout, il avait espionné Grace pendant des années, afin de deviner ce qu'elle avait en tête. Il restait encore de nombreuses zones d'ombre, des secrets qu'elle avait dû confier à ses petits-enfants. Mais il les découvrirait bientôt. C'était un bon début. Il avait compris le sens du premier indice, la fameuse résolution de Richard S. Il en riait encore. Même Dan et Amy n'avaient pas saisi sa véritable portée.

Il se fraya un chemin à travers le terminal, guettant les Kabra du coin de l'œil. Visiblement, ils avaient disparu. Alistair sortit en traînant ses bagages jusqu'à la borne de taxis lorsqu'un minibus violet s'arrêta juste devant lui. La porte coulissa et une voix d'homme claironna :

– Tiens, salut !

Alistair Oh eut juste le temps de voir le gros poing qu'il allait prendre dans la figure.

II. Les bons et les mauvais Cahill

En descendant de l'avion à l'aéroport Roissy-Charles-de-Gaulle, Amy avait l'impression d'être passée dans une essoreuse à salade.

Pendant les huit heures de vol, elle était restée coincée entre Dan et Nellie, qui avaient leurs casques vissés sur les oreilles, au volume maximum. Son frère avait regardé des films tandis que la jeune fille au pair écoutait de la musique en feuilletant des livres de cuisine française, émaillés de photos d'escargots à l'ail fumants et d'énormes blocs de foie gras de canard. Recroquevillée sur son siège, Amy avait essayé de lire dans son coin. Sur les six ouvrages qu'elle avait emportés, elle n'avait réussi à finir qu'une biographie de Franklin et deux guides de Paris. Pour elle, ce n'était franchement pas un bon score. Elle avait mal partout. Les cheveux en bataille. Ses vêtements empestaient les lasagnes industrielles que Dan avait renversées sur ses genoux au beau milieu du vol. Et le pire, c'est qu'elle n'avait pas pu fermer l'œil parce que, au fil des pages, alors qu'elle cogitait sur ce que Franklin avait bien pu faire à Paris, une idée avait germé dans son esprit… et cette idée la terrifiait.

Dans la file d'attente pour le contrôle des passeports, elle avait la gorge nouée. Elle craignait de paniquer si l'agent lui posait des questions sur ses parents. Mais elle murmura le petit discours qu'ils avaient répété avec son frère : leurs parents arrivaient sur un autre vol, plus tard dans la soirée. La présence de Nellie sembla rassurer le douanier, surtout lorsque celle-ci répondit à ses questions en français. Il hocha la tête, tamponna leurs passeports et les laissa avancer.

– Nellie ! Tu parles français ? s'étonna Dan.

– Mm. À cause de ma mère. Elle était prof. Et née en France.

– Je croyais que ta famille était originaire de Mexico.

– Mon père, oui. Je suis trilingue.

– Incroyable ! souffla Amy, envieuse.

À son grand désespoir, elle n'était pas douée pour les langues. Elle ne savait même plus compter en espagnol alors qu'elle avait appris à la maternelle.

– Ça n'a rien d'extraordinaire, leur assura Nellie. Une fois qu'on parle deux langues, on apprend les autres beaucoup plus facilement.

Amy se demanda si elle était sérieuse ou si elle plaisantait. Ils passèrent la douane, récupérèrent leurs bagages, changèrent leurs dollars en euros, puis tentèrent de se frayer un chemin dans le hall principal.

Amy avait l'impression qu'il était minuit, pourtant les premiers rayons de soleil perçaient à travers les baies vitrées. Elle repéra un attroupement au milieu du hall. Des flashes, des cris. Les gens interrogeaient quelqu'un qu'elle ne voyait pas.

– Des paparazzi ! s'exclama Nellie. C'est peut-être une star !

– Attends ! protesta Amy.

Mais la jeune fille au pair ne l'écoutait pas. Ils durent la suivre tandis qu'elle se frayait un chemin en murmurant :

– Pardon, pardon, excusez-moi !

Soudain, Amy se figea sur place.

– Jonah Wizard !

Il traversait la foule en signant des autographes, pendant que, derrière, son père tenait le rôle de garde du corps. Vêtu d'un jean baggy et d'un blouson de cuir noir sur un débardeur blanc orné de sa quincaillerie habituelle, il avait l'air frais et dispos. Son vol avait dû être beaucoup plus reposant que le leur.

– Monsieur Wizard !

Les journalistes le bombardaient de questions. Et à sa grande surprise, il répondait en français. Au milieu de tout ce monde, elle aurait voulu se cacher dans un trou de souris. Jonah, lui, était parfaitement détendu. Il gratifia ses admirateurs d'un sourire radieux et dit quelque chose qui les fit rire. Alors qu'il balayait la foule du regard, ses yeux tombèrent sur elle.

– Yo ! Cousine !

Catastrophée, elle le vit se diriger droit sur eux. Les fans les dévisageaient, tentant de savoir à qui leur idole s'adressait.

– C'est pas vrai ! s'exclama Nellie. Vous connaissez Jonah Wizard ?

– On est cousins, marmonna Dan. Éloignés.

La jeune fille au pair était au bord de l'évanouissement quand il surgit devant eux. Il serra la main d'Amy, donna une grande claque dans le dos de Dan et dédicaça le T-shirt de Nellie dans un crépitement de flashes. « Pitié, pas de photos ! avait envie de crier Amy. Je suis couverte de lasagnes ! » Sauf qu'aucun son ne sortait de sa bouche. Elle voulut reculer, mais ses jambes ne lui obéissaient pas.

– Il faut qu'on y aille, Jonah, dit son père.

– Allons-y.

Le garçon adressa un clin d'œil à Amy.

– Viens, couz', on va discuter un peu.

Malgré les protestations de son père, le rappeur lui passa le bras autour des épaules et l'entraîna vers la sortie, avec Dan, Nellie et une bande de paparazzi déchaînés à leurs trousses. Amy était convaincue qu'elle allait mourir de honte. Pourtant ils réussirent à quitter le terminal. Il faisait lourd. Des nuages d'orage s'amoncelaient à l'horizon. Une limousine noire les attendait devant l'aéroport.

– N-non, on ne…, bégaya-t-elle en se remémorant le conseil de maître MacIntyre « Ne faites confiance à personne ».

– Tu plaisantes ? la coupa Nellie. Tu ne vas quand même pas refuser de monter dans la limousine de Jonah Wizard ? Allez, viens !

Elle la poussa à l'intérieur du véhicule.

Quelques minutes plus tard, ils filaient sur l'auto-route en direction de Paris.

– Cool ! s'exclama Jonah. J'adore cette ville.

La jeune star et son père s'installèrent sur l'une des banquettes en cuir de la limousine, en face d'Amy, de Dan et de Nellie. M. Wizard pianotait frénétiquement sur son portable, ne levant les yeux que pour lancer de temps à autre un regard noir à Amy, comme s'il espérait qu'elle se volatilise par magie.

Lorsqu'ils pénétrèrent dans le centre de la capitale, ils virent défiler des immeubles de pierre blanche aux balcons en fer forgé chargés de fleurs. Les terrasses des cafés étaient bondées. Ça sentait le café et le pain chaud. Une lumière étrange filtrait du ciel orageux, donnant un aspect irréel à ce décor.

– Vous savez que je fais de meilleurs scores d'audience ici qu'aux États-Unis, remarqua Jonah.

– Dix-huit points d'Audimat de plus, précisa son père.

– Et mon nouvel album, *Gangsta Life*, est numéro 1 des ventes en France.

– Numéro 2, et en progression, corrigea son père.

– Waouh, j'adore cet album ! s'exclama Nellie.

– Merci, répondit Jonah. Maintenant ferme-la.

La jeune fille au pair pâlit, comme s'il l'avait giflée.

– Hé ! protesta Dan. Ça va pas ?

– Quoi ? s'étonna-t-il. Elle n'est pas de la famille. Je ne lui parle pas.

Amy était tellement choquée qu'elle ne savait quoi répliquer, aussi Jonah continua-t-il son petit numéro.

– Comme je le disais, Paris m'appartient. La semaine dernière, j'ai ouvert une galerie d'art rue de la Paix. Mes aquarelles s'arrachent à six cents euros pièce. Et je vais bientôt sortir un livre pour enfants.

Son père en tira prestement un exemplaire.

Dan plissa les yeux pour déchiffrer le titre.

– *Gangsta pop-up* ? Qu'est-ce que ça veut dire ?

– C'est un livre animé sur sa vie à L.A., expliqua M. Wizard d'un ton satisfait.

Jonah eut un sourire rusé.

– Vous voyez, ici, je suis plus connu que Benjamin Franklin.

Soudain, Amy se redressa. Après tout ce qu'elle avait lu sur Franklin, elle était plus que jamais convaincue qu'il s'agissait d'un génie. Elle était fière d'être de sa famille. Que ce guignol de la télé ose se comparer à lui... ça la mettait dans une telle fureur qu'elle en oublia sa timidité.

– Tu-tu n'arrives pas à la cheville de B-Benjamin Franklin ! s'exclama-t-elle. C'était l'un des Américains les plus célèbres à Paris. À l'époque, les gens portaient son portrait en pendentif...

– Un truc dans ce genre ?

Jonah tira de son débardeur sa photo plastifiée au bout d'un cordon.

– Et ils s'habillaient comme lui ! ajouta-t-elle.

– Mm. Sur les Champs-Élysées, la boutique Wizard Style ne désemplit pas.

Amy serra les dents.

– Le roi Louis XVI avait même fait peindre son portrait sur son pot de chambre !

Jonah regarda son père.

– On a des pots de chambre à mon effigie, p'pa ?

– Non, fit-il en dégainant son téléphone. Mais je peux arranger ça d'un simple coup de fil.

Le garçon hocha la tête.

– Vous voyez, je suis la plus grande star depuis Benjamin Franklin. Je suis donc le mieux placé pour découvrir ses secrets.

– Si ta tête continue à enfler, murmura Dan, on pourra s'en servir comme montgolfière.

Jonah l'ignora.

– Écoute, Amy. Tu es une fille intelligente. Tu sais que la famille est divisée en plusieurs clans ? Les bons Cahill, les mauvais Cahill…

– Jonah ! le coupa son père, interrompant un instant son appel. Je croyais qu'on était d'accord…

– Relax, p'pa. Je dis juste que je suis un artiste, j'exploite mon talent pour créer. J'utiliserai donc ce fameux trésor pour apporter un peu de beauté au monde ! Je ne suis pas un de ces pervers de Lucian !

– Mais… mais Franklin était un Lucian, intervint Amy, on a vu l'écusson avec les serpents…

Le jeune rappeur balaya son objection d'un revers de main.

– Bon, d'accord, certains Lucian ont peut-être fait des trucs bien à l'occasion. Mais aujourd'hui, c'est moi le héros. Mets-toi ça dans la tête, Amy.

Dan renifla, moqueur.

– Parce que t'écris des livres pour les gamins ?

– Exactement ! Vous croyez que c'est facile d'être un enfant riche et célèbre à Beverly Hills ?

Il marqua une pause avant de reprendre.

– Ouais, c'est facile. Mais le plus dur, c'est de le rester. La célébrité, ça se travaille. Pas vrai, p'pa ?

– Tout à fait, fiston.

– J'ai déjà fait des disques, de la télé, des vêtements, des livres… Je vais vous dire pourquoi je dois remporter cette chasse au trésor : pour faire évoluer ma carrière ! Si on bosse ensemble, je vous reverserai un pourcentage.

– Oncle Alistair nous a aussi proposé une alliance, marmonna Amy. Et ça n'a pas marché.

Jonah répliqua, méprisant :

– Ce vieux croûton a dû se vanter d'avoir inventé les tacos à réchauffer au micro-ondes… sans doute pas d'avoir perdu toute sa fortune dans de mauvais investissements. Il n'a plus un sou ! Il aurait dû empocher son million de dollars et filer. Mais il s'est fourré dans le crâne que ce défi allait redorer son image. Ne l'écoutez pas. Si on fait équipe, on pourra tous les battre. Même ces traîtres de Kabra. Il faut être très prudent dans cette ville. Les Lucian contrôlent tout Paris.

– Jonah, intervint son père, tu perds ton temps à discuter avec ces bons à rien. Ils vont faire baisser ta cote de popularité.

– Occupe-toi des pots de chambre, p'pa. Je me charge de ça.

Il gratifia Amy d'un sourire éblouissant.

– Allez, couz'. On sait tous les deux que le prochain indice concerne Benjamin Franklin. On pourrait s'entraider.

Jonah avait beau être un crétin arrogant, son offre était tentante malgré tout. Difficile de résister à l'idée de clouer le bec à Natalie et Ian... Et puis elle était flattée que Jonah Wizard s'intéresse à elle. Pourtant, il avait été odieux avec Nellie, alors que, à l'aéroport, devant les photographes, il était tout sucre tout miel.

– Pourquoi... pourquoi voudrais-tu t'associer à nous ? demanda-t-elle. Qu'est-ce qu'on a de spécial ?

– Rien ! s'écria-t-il en éclatant de rire. Justement ! C'est dingue. Vous avez beau être des Cahill, vous n'avez aucun talent, aucun atout ! Moi, dès que je bouge le petit doigt, les médias me suivent, on me photographie, on m'interviewe. Je ne peux rien faire sans que le monde entier soit au courant. Vous, vous êtes tellement insignifiants que vous pourrez pénétrer n'importe où sans qu'on vous remarque. Personne ne se soucie de vous.

– Merci pour le compliment, grommela Dan.

– Qu'est-ce que je peux ajouter ? fit Jonah, qui ne comprenait visiblement pas leur réaction. Si vous voulez de l'argent, j'en ai. Je peux même vous faire entrer sur le tournage de *Gangster Academy*. Alors, c'est pas une belle offre, ça ?

– Non, merci, répondirent Dan et Amy en chœur.

– Allez... réfléchissez-y, au moins, O.K. ? Où est votre hôtel que je vous dépose ?

Amy allait inventer une excuse quand elle aperçut une silhouette familière dans la rue. Son sang se glaça. C'était impossible ! Que faisait-elle là ? Et qu'avait-elle dans les mains ?

– Ici ! Arrêtez-vous, s'il vous plaît ! cria-t-elle.

Le chauffeur obéit.

Jonah regarda par la fenêtre et fronça les sourcils. Ils étaient devant un immeuble miteux dont l'enseigne défraîchie indiquait : *Hôtel des Étoiles*. La façade était noire de crasse et le portier avait l'air d'un ivrogne.

– Ici ? s'étonna Jonah. Vous aimez les expériences bizarres, les gars ! Moi, j'ai pris une chambre au Ritz. Si vous changez d'avis, vous savez où me trouver.

Amy tira Dan et Nellie hors de la voiture. Le chauffeur sortit leurs sacs du coffre, puis la limousine s'éloigna.

– Quel abruti ! s'exclama Nellie. Il n'est pas du tout comme à la télé !

Dan se tourna vers l'hôtel.

– Ne me dis pas que tu as vraiment réservé là, Amy ?

– Il fallait qu'on descende de la voiture. Nellie va nous prendre une chambre pour la nuit.

– Ici ? Mais...

– L'Hôtel des Étoiles, ça doit être joli.

– Ça ne veut pas dire que...

– Vas-y, Nellie. Fais ce que je te dis.

Amy était gênée de lui donner des ordres, mais elle n'avait pas le temps de discuter.

– On se retrouve ici dans... disons deux heures.

– Pourquoi ? demanda Dan. Où on va ?

– Je viens de voir une vieille connaissance. Vite, suis-moi !

Elle l'entraîna sur le trottoir d'en face, espérant qu'il n'était pas trop tard. Soulagée, elle repéra celle qu'elle cherchait.

– Là-bas ! cria-t-elle en tendant le doigt. En rouge !

À une centaine de mètres, une femme avec une étole rouge sur les épaules marchait d'un pas vif. Elle avait quelque chose sous le bras, un objet peu épais, rectangulaire, rouge et blanc.

Dan écarquilla les yeux.

– Mais c'est...

– Irina Spasky, compléta sa sœur. Et elle a notre almanach. Il faut la prendre en filature !

12. Dans le QG des Lucian

Tandis qu'ils suivaient Irina Spasky rue de Rivoli (un rapport quelconque avec les raviolis ? Hum, il n'osait pas poser la question à sa sœur), Dan fut tenté de s'arrêter une vingtaine de fois pour admirer la pyramide du Louvre, regarder les jongleurs du jardin des Tuileries, et s'acheter une glace au camion ambulant qu'ils avaient croisé. Il mourait de faim. Et surtout, il avait horriblement mal aux pieds.

– Elle ne voudrait pas faire une petite pause, la cousine ? gémit-il.

Amy semblait en pleine forme.

– Ça ne te paraît pas bizarre que, sur les dix millions d'habitants que compte Paris, on tombe nez à nez avec Irina Spasky ? souligna-t-elle.

– Peut-être que les neuf millions neuf cent quatre-vingt-dix-neuf mille neuf cent quatre-vingt-dix-neuf autres n'ont pas une écharpe rouge vif, eux !

– Elle marchait en pleine rue, comme si elle avait envie qu'on la remarque.

– Tu crois que c'est un piège ? Comment pouvait-elle se douter qu'on allait se trouver là ? s'étonna Dan. Elle ne s'est pas retournée une seule fois. Elle ne sait même pas qu'on est à Paris.

En disant cela, il se remémora les documentaires sur les espions qu'il avait vus à la télévision. Ils possédaient des techniques de pointe pour suivre quelqu'un sans être vu ou surgir « accidentellement » dans le champ de vision de leur victime afin de l'attirer dans un guet-apens, c'était leur spécialité. Elle pouvait avoir guetté leur arrivée à l'aéroport, les avoir vus grimper dans la limousine de Jonah et, Dieu sait comment, les avoir précédés…

– Regarde ! annonça Amy.

Irina traversa la rue et descendit une volée de marches.

– Elle prend le métro ! Vite !

Ils perdirent cinq bonnes minutes à comprendre le fonctionnement du distributeur automatique de billets. Quand ils débouchèrent sur le quai, Irina était toujours là, l'almanach sous le bras. La rame arrivait justement. Elle monta dans un wagon. Dan et Amy attendirent le dernier moment, juste avant que les portes se ferment et qu'il redémarre, pour sauter à bord du train.

Ils changèrent deux fois de ligne. Même en gardant les yeux rivés sur l'écharpe rouge, ils avaient du mal à la suivre.

– Je ne comprends pas, fit Amy. Maintenant, elle accélère, comme pour nous semer.

Dan l'écoutait à peine. Il rêvait d'une bonne glace. Les lasagnes de l'avion étaient déjà loin et il avait l'impression que son estomac essayait de grignoter sa chemise. Finalement, Irina quitta la troisième rame de métro. Amy saisit le bras de son frère en désignant le nom de la station.

– Passy...

– Eh bien, quoi ?

– Benjamin Franklin a vécu dans ce quartier.

– Allons-y alors ! Le Petit Chaperon Rouge est en train de nous filer entre les doigts !

Le quartier de Passy était beaucoup moins animé que celui des Tuileries. Les avenues étaient bordées d'immeubles bourgeois. Au loin, la tour Eiffel se découpait sur le ciel gris, mais Dan ne s'intéressait plus vraiment aux monuments, guidé par son estomac affamé. Chocolat, pain à peine sorti du four, fromage fondant, tant de bonnes odeurs lui chatouillaient les narines... Et dire qu'ils n'avaient pas le temps de s'arrêter !

Irina fonçait comme si elle avait le diable à ses trousses. Ils durent se mettre à courir pour ne pas la perdre. Amy trébucha sur un étalage de fleurs, ce qui lui valut quelques injures typiquement parisiennes.

– Désolée ! lança-t-elle par-dessus son épaule.

Ils tournèrent dans une rue plantée d'arbres, où se dressaient des hôtels particuliers cossus. Bizarrement, un minibus violet portant le mot GLACES en lettres multicolores était garé en travers du trottoir. Dan accéléra le pas, dans le fol espoir de s'acheter un cornet au passage. Mais en approchant, ils constatèrent que le camion était fermé. Un pare-soleil en aluminium masquait l'intérieur. « Ils veulent nous affamer, pensa-t-il. Toute la ville s'est liguée contre nous. »

Une centaine de mètres plus loin, Irina traversa la rue et poussa un portail de fer forgé. Elle s'arrêta devant un imposant bâtiment en marbre, qui avait tout l'air d'abriter une ambassade ou quelque administration dans ce genre. Tapi dans l'ombre, Dan la vit composer un code et pénétrer à l'intérieur.

– Regarde, fit sa sœur en lui donnant un coup de coude.

Un panneau indiquait en doré sur fond noir :

INSTITUT DE DIPLOMATIE INTERNATIONALE
INSTITUTE FOR INTERNATIONAL DIPLOMACY
国際外交研究所

– L'emblème des Lucian ! Mais qu'est-ce que c'est que cet institut ?

– Un centre de formation pour les diplomates, j'imagine. À mon avis, il s'agit d'une couverture. Tu te rappelles ce que nous a dit Jonah ? Paris est une place forte des Lucian.

Une étincelle brilla dans les yeux de Dan.

– Ce doit être leur base secrète.

Amy acquiesça.

– Bon, maintenant, on fait quoi ?

– On entre ! décida son frère.

– Mais on n'a pas le code !

– 59 10.

Elle le dévisagea, incrédule.

– Comment… ? Laisse tomber. Allons-y ! Attention, il doit y avoir des caméras de sécurité, des chiens de garde et tout le bazar.

Ils passèrent le portail, montèrent les marches du perron et composèrent le code. La porte s'ouvrit sans difficulté. Pas d'alarme. Pas d'aboiements.

– C'est louche, murmura Dan.

Il était trop tard pour revenir en arrière. Ils s'introduisirent dans le quartier général des Lucian.

Le hall d'entrée était plus vaste que leur appartement. Il y avait du marbre au sol et un lustre au plafond. Ils se trouvaient face à une grande porte noire, avec sur leur gauche, un escalier en colimaçon menant à une mezzanine.

– Tu as vu ?

Dans l'angle, une caméra de surveillance balayait la pièce. Bientôt, elle serait pointée dans leur direction. Des voix résonnaient derrière la porte. Quelqu'un approchait.

– Vite !

Dan se rua dans les escaliers, Amy voulut protester, mais ils n'avaient pas le temps de discuter. Elle le suivit à l'étage.

Le cœur de Dan battait à tout rompre. Il s'était toujours imaginé que ce serait cool de jouer les cambrioleurs en s'introduisant incognito dans une maison. Maintenant que la situation se présentait pour de vrai, il avait les mains moites.

À l'étage, ils se faufilèrent dans un couloir.

– Je ne comprends pas, murmura-t-il. Irina doit faire partie du clan Lucian, comme Benjamin Franklin. Tu crois que ça veut dire que c'était un méchant ?

– Ce n'est pas aussi simple, répondit Amy. Regarde.

Les murs étaient chargés de portraits : Napoléon Bonaparte, Isaac Newton, Winston Churchill et d'autres que Dan ne connaissait pas.

– Les Lucian qui ont marqué l'histoire. Ni bons ni méchants... mais en tout cas très puissants.

– Et on vient de pénétrer dans leur QG !

Ils passèrent devant plusieurs portes en chêne foncé, toutes closes. Des panonceaux indiquaient LOGISTIQUE, puis CARTOGRAPHIE. Enfin sur la dernière, on lisait ARSENAL.

– Génial !

– Dan, non ! siffla Amy.

Trop tard. En poussant la porte, il se dit que ce n'était sans doute pas une bonne idée de pénétrer dans une pièce remplie d'armes sans savoir qui s'y trouvait. Par chance, il n'y avait personne. Les dix mètres carrés regorgeaient de matériel : des caisses de boulets de canon, des rangées de poignards, des épées, des cannes piégées, des boucliers, des parapluies.

– On n'a rien à faire ici ! murmura Amy.

– Trop cool ! s'exclama Dan en prenant une boîte en bois. Une des batteries de Franklin, comme au musée !

Amy fronça les sourcils.

– Qu'est-ce qu'elle vient faire au milieu de cet arsenal ?

– Aucune idée ! Mais je la prends.

Malgré ses protestations, il fourra la batterie dans son sac à dos, où elle rejoignit la photo de ses parents qu'il conservait comme un porte-bonheur.

Son regard tomba alors sur une boîte à œufs en polystyrène remplie de sphères argentées avec des petites diodes rouges clignotantes.

– Pas mal !

Il en fourra une dans son sac.

– Arrête, Dan !

– Pourquoi ? Ils ont des tas d'autres trucs. On ne sait jamais, ça peut toujours servir.

– C'est peut-être dangereux !

– J'espère bien !

Il était en train d'admirer les shurikens, hésitant à prendre aussi une de ces armes japonaises, lorsqu'une porte claqua dans le couloir.

– Elle a intérêt à savoir ce qu'elle fait, disait un homme. Si elle se trompe...

Une femme répondit, mais les deux voix s'éloignèrent.

– Allons-y, c'est le moment ou jamais ! décida Amy.

Ils glissèrent la tête à l'extérieur pour s'assurer que la voie était libre, puis poursuivirent leur exploration. Au bout du couloir une nouvelle mezzanine surplombait une grande pièce circulaire, aux allures de poste de commande militaire. Des consoles d'ordinateurs occupaient tous les murs avec, au centre, une grande table dont le plateau était constitué d'un immense écran plat. Irina Spasky était seule, penchée sur cet étrange appareil, au milieu de piles de paperasse et de dossiers. D'un mouvement vif et précis, elle contrôlait ce qui se passait sur l'écran, zoomant sur une photo satellite de la capitale.

– Je veux la même, murmura Dan.

D'un regard, Amy lui intima de se taire. Ils s'accroupirent derrière la balustrade tandis qu'Irina feuilletait

l'*Almanach du Bonhomme Richard.* Elle sortit un carnet pour noter quelque chose, puis glissant carnet et livre sous son bras, elle fila hors de la pièce.

– Viens, Amy ! souffla Dan en enjambant la balustrade.

– Tu vas te briser le cou !

– Suspends-toi dans le vide, puis laisse-toi tomber tout doucement. Je l'ai fait des milliers de fois au collège. C'est facile.

Elle l'imita. Effectivement, ce n'était pas si compliqué. Une seconde plus tard, ils étaient devant la grande table, qui affichait toujours la carte de Paris.

Une petite flèche blanche désignait une adresse précise : le 23, rue Budé.

Dan indiqua le ruban bleu qui serpentait non loin.

– C'est de l'eau, ce qui signifie que cette langue de terre doit être une île.

– L'île Saint-Louis, sur la Seine, au centre de Paris, affirma Amy. Tu peux mémoriser l'adresse ?

– C'est déjà fait.

Dan remarqua alors autre chose : sur la pile de dossiers, il y avait une photo. Son cœur manqua un battement.

– C'est lui ! fit-il en montrant le cliché à sa sœur.

Un homme d'un certain âge, cheveux grisonnants et costume noir, en train de traverser une rue. La photo était floue, mais elle avait dû être prise à Paris. Il reconnaissait dans le fond les immeubles de pierre blanche et les panneaux bleu et vert caractéristiques de la capitale.

– L'homme en noir est ici.

Amy pâlit.

– Mais pourquoi...

Une voix résonna à l'autre bout du couloir.

– J'entends du bruit. Fouillez le bâtiment.

Dan entraîna sa sœur dans la direction opposée.

– Arrêtez ! cria un homme dans leur dos.

Une sirène se mit à hurler.

– Génial, murmura Amy.

– Par ici !

Dan s'engouffra dans un couloir sans oser regarder en arrière. D'après le vacarme de leurs pas sur le marbre, leurs poursuivants se rapprochaient.

– Attention ! cria Amy.

L'état d'alerte devait avoir été déclenché. Une grille descendit du plafond, juste devant eux, menaçant de leur bloquer le passage.

– Passe la troisième !

– Quoi ? fit Amy en jetant un coup d'œil par-dessus son épaule.

Dan prit son élan et roula à terre pour se faufiler sous les barreaux.

– Allez, viens !

Sa sœur hésitait. La grille n'était plus qu'à un mètre du sol, quatre-vingts centimètres... Deux gars en uniforme baraqués arrivaient derrière elle, armés de matraques.

– Amy, vas-y !

Elle rampa tant bien que mal. Dan la tira vers lui, pile au moment où la grille touchait le sol avec un fracas métallique. Les gardes tentèrent de les saisir en glissant la main entre les barreaux, mais ils étaient déjà loin. Ils trouvèrent une porte ouverte et débouchèrent dans un petit salon.

– Vite, la porte-fenêtre.

Un store électrique descendait en bourdonnant. Bientôt ils ne pourraient plus sortir. Pas le temps de réfléchir. Sur la table basse, Dan prit un buste de Napoléon pour briser la vitre. CRASH ! Malgré le hurlement des sirènes, il entendait les vigiles crier dans le couloir. Il cassa les éclats de verre restants à coups de pied.

– Passe devant !

Amy se faufila à travers la fenêtre et il la suivit, dégageant son pied gauche juste avant que le store ne se referme. Ils traversèrent le jardin en courant, escaladèrent le portail de fer forgé et foncèrent dans la rue. Ils s'accroupirent derrière le minibus violet, hors d'haleine. Dan jeta un regard aux alentours. Visiblement il n'y avait personne à leurs trousses, tout du moins pas encore.

– Eh bien, je ne ferais pas ça tous les jours, murmura Amy.

Dan avait le cœur qui battait à cent à l'heure. Maintenant qu'ils étaient hors de danger, il mesurait à quel point il s'était amusé.

– Je veux un arsenal ! décréta-t-il. Et une table-écran comme celle d'Irina ! Amy, il faut qu'on se trouve un QG secret !

– Ouais, c'est ça, répliqua-t-elle, encore essoufflée.

Elle tira une poignée de pièces et de billets de sa poche.

– Il me reste environ deux cent cinquante-trois euros. Tu crois que ça suffira ?

Dan fit la grimace. Quelle rabat-joie ! Leurs économies se volatilisaient à la vitesse grand V. S'ils devaient quitter Paris pour aller ailleurs… bah, mieux valait ne pas y penser pour le moment. Ils avaient d'autres problèmes à régler d'abord.

– Retournons au métro, dit-il.

– Oui, rentrons, Nellie doit s'inquiéter.

Dan secoua la tête.

– On n'a pas le temps. 23, rue Budé. Il faut qu'on découvre ce qui se trouve sur cette île… avant Irina !

13. Un pour tous... Tous pour Holt !

Pendant ce temps, à l'intérieur du camion de glaces, les Holt étaient en train de s'étriper. Madison, à cheval sur le dos de son frère Hamilton, lui tapait sur la tête avec une boîte de cornets au chocolat, tandis que leur mère Mary-Todd essayait vainement de les séparer. Reagan et Arnold le pitbull se disputaient un Mister Freeze bleu, tirant chacun d'un côté (Arnold avec sa gueule, Reagan avec ses deux mains, bien entendu). Eisenhower, le chef de famille, hurla d'un ton exaspéré :

– Ça suffit ! Garde à vous !

Hamilton et Madison se figèrent, laissant tomber la boîte de glaces. Mary-Todd rajusta sa tenue et se recoiffa, en couvant ses enfants d'un œil noir. Reagan tint le Mister Freeze à bout de bras tandis que le chien se roulait par terre et faisait le mort.

– Bien ! rugit Eisenhower. Je ne tolérerai pas que notre famille s'entretue pour des crèmes glacées !

– Mais, papa…, intervint Reagan.

– Silence ! Vous aurez droit à une glace quand nous aurons accompli notre mission. Et la mission n'est pas remplie tant que vous ne m'avez pas fait votre rapport !

Son autre fille fit le salut militaire :

– Soldat Madison, au rapport, chef !

– Vas-y !

– Le micro de surveillance a fonctionné.

– Parfait. Ces imbéciles sont en possession du livre ?

Madison se tortilla, mal à l'aise.

– Je ne sais pas, chef. Mais ils se dirigent vers le 23, rue Budé, sur l'île Saint-Louis.

– Si tu as bien retenu le numéro, cette fois, railla Hamilton.

– Ce n'était pas ma faute ! fit Madison, écarlate.

– Nous sommes tombés droit dans la Seine avec la voiture de location ! lui rappela son frère.

– Parce que toi, tu as toujours des idées géniales, bien sûr ! Comme poser une bombe au musée ou incendier le manoir ! Ça ne les a toujours pas mis hors course, je te signale !

– Arrêtez de hurler ! hurla Mary-Todd. On ne peut pas continuer à se disputer comme ça, les enfants. Où est passé votre esprit d'équipe ?

– Votre mère a raison, enchaîna Eisenhower. Ce n'était pas la bonne façon de procéder. Nous aurions dû tuer ces petits morveux de Cahill de nos propres mains.

Surexcité, Arnold tenta de lui mordre le nez en jappant.

Mal à l'aise, Reagan balbutia :

– Mais... euh... papa ? Ils... enfin... ils auraient pu mourir dans l'explosion, non ?

Madison leva les yeux au ciel et s'exclama :

– Voilà qu'elle remet ça ! T'es vraiment gnangnan !

– Même pas vrai ! se défendit-elle en rougissant.

– Si !

– Taisez-vous ! ordonna leur père. Maintenant, écoutez-moi bien. Nous allons devoir prendre des mesures drastiques pour remporter cette chasse au trésor. Je ne tolérerai pas que mes troupes aient des états d'âme. Compris ?

Il jeta un regard appuyé à sa fille qui fixait la pointe de ses chaussures.

– Oui, chef, répondit Reagan.

– Nous savons que Dan et Amy étaient les chouchous de Grace, reprit Eisenhower. MacIntyre leur fournit certainement des informations. Voilà qu'ils viennent de pénétrer dans le QG des Lucian, sous notre nez ! Allons-nous tolérer d'autres échecs ?

– Non, chef ! répondirent les enfants d'une seule voix.

– Ils nous prennent pour des brutes sans cervelles... Nous allons leur prouver que nous avons aussi des qualités ! décréta-t-il en faisant jouer ses muscles. N'oubliez pas, l'esprit d'équipe, il n'y a que ça de vrai. D'accord, les enfants ?

– Oui, chef !

– *Ouaf !* acquiesça Arnold.

– Bon, reprit Eisenhower. Il faut à tout prix mettre la main sur ce bouquin. Les petits morveux doivent l'avoir, ou tout du moins, ils savent ce qu'il y a dedans. Direction l'île Saint-Louis ! Mais attention, cette fois, pas question de finir dans la Seine ! Un pour tous…

– Tous pour Holt ! complétèrent en chœur sa femme et ses enfants.

Puis ils recommencèrent à se disputer pour les glaces. Réprimant un grognement, Eisenhower décida de les laisser se battre un moment. Après tout, les bagarres, ça forge le caractère.

Depuis toujours, les gens riaient dans son dos. Ils avaient ri quand il avait été renvoyé de la prestigieuse école militaire de West Point. Ils avaient ri quand il avait été recalé à l'examen d'entrée du F.B.I. Ils avaient même ri quand il s'était donné un coup de Taser en voulant arrêter un voleur dans le magasin où il travaillait comme vigile. Une simple maladresse. Cela aurait pu arriver à tout le monde. Lorsqu'il aurait remporté cette chasse au trésor, il deviendrait le Cahill le plus puissant de tous les temps. Plus personne n'oserait se moquer de lui.

Il donna un coup de poing sur la caisse du camion de glaces. Ces petits morveux de Cahill lui tapaient sur les nerfs. C'était le portrait craché de leurs parents, Arthur et Hope. Einsenhower les avait bien connus, un peu trop même, à son goût. Il avait un vieux compte à régler avec cette branche de la famille.

Amy et Dan allaient bientôt payer.

14. Piégés sur l'île Saint-Louis

Amy voulait filer vers l'île Saint-Louis, mais son estomac en avait décidé autrement. Alléchée par l'odeur d'une boulangerie, elle échangea un regard avec son frère.

– Juste une toute petite pause, déclarèrent-ils en chœur.

Cinq minutes plus tard, ils étaient assis sur le quai de la Seine, et partageaient le meilleur repas de leur vie. Jamais ils n'auraient cru qu'une simple baguette de pain puisse être aussi délicieuse.

Amy désigna le clocher d'une église voisine, surmonté d'une sorte de pic en métal.

– Regarde, un paratonnerre.

– Mm, fit Dan, la bouche pleine.

– Les Français ont été les premiers à mettre en application les théories de Franklin. De nombreux bâtiments sont encore équipés du modèle d'époque !

– Ah ! s'exclama-t-il, encore enthousiaste.

Elle se demanda s'il s'extasiait sur le pain ou sur le génie de Franklin.

Le soleil avait disparu derrière une grosse masse de nuages noirs et le tonnerre grondait au loin, sans que les Parisiens paraissent s'en inquiéter outre mesure. Ils défilaient sur le quai, à pied ou en rollers. Un bateau-mouche bondé de touristes passa en bourdonnant sur la Seine.

Amy voulut appeler Nellie avec le portable des Starling, mais visiblement, l'appareil ne pouvait pas se connecter au réseau français. Elle tremblait encore en repensant à leur petite excursion au cœur du QG des Lucian. C'était bizarre, en y réfléchissant, ils étaient entrés et sortis sans grosse difficulté, malgré l'important dispositif de sécurité. Et puis elle n'était pas très rassurée que Dan ait subtilisé du matériel : la batterie de Franklin et l'étrange sphère métallique. Cependant toute discussion était inutile : quand il tenait un truc intéressant, il ne voulait plus le lâcher.

Elle se demandait comment Irina Spasky avait réussi à prendre le livre à oncle Alistair et pourquoi elle s'intéressait tant à l'île Saint-Louis. Cela avait tout l'air d'un piège, mais ils n'avaient pas d'autre piste.

Elle essayait d'imaginer ce que sa mère ou sa grand-mère auraient fait à sa place. Elles étaient sûrement plus courageuses. Moins hésitantes. Autrefois, sa mère était elle aussi partie à la recherche de ces fameux indices. Amy en était convaincue, désormais. Grace tenait à ce qu'elle relève le défi, mais serait-elle à la hauteur ? Si Dan n'avait pas été là, elle aurait sûrement déjà abandonné.

Ils avaient fini leur baguette. Il fallait qu'ils y aillent maintenant. Elle leva les yeux vers le ciel sombre, tentant de se rappeler ce qu'elle avait lu dans les guides.

– Pour rejoindre l'île Saint-Louis d'ici, le plus simple est de marcher le long des quais.

– En route ! s'écria son frère se relevant d'un bond.

Elle n'en revenait pas. Cinq minutes plus tôt, il se plaignait d'avoir mal aux pieds, un sac trop lourd… et voilà qu'après un quignon de pain il était de nouveau frais et dispos. Elle l'enviait, elle qui ne rêvait que d'une chose : se coucher par terre et dormir pendant une éternité ! Mais pour rien au monde elle ne l'aurait avoué.

Le temps qu'ils arrivent, il faisait nuit. Les réverbères du pont Louis-Philippe se reflétaient dans l'eau. À l'autre bout, ils devinaient une rangée d'hôtels particuliers bordés d'arbres : l'île Saint-Louis. Sur la droite se dressait une île plus importante avec une immense église tout illuminée.

– L'île de la Cité, expliqua Amy tandis qu'ils traversaient la Seine. Et la cathédrale Notre-Dame.

– Cool, siffla Dan. On a peut-être une chance de croiser le Bossu ?

– Mm… on verra après, répondit-elle vaguement, craignant de le décevoir en lui révélant qu'il s'agissait d'un personnage de roman. Dans les guides, ils disent qu'il n'y a pas grand-chose sur l'île Saint-Louis. De vieilles maisons, quelques magasins, c'est à peu près tout. Je me demande ce qu'Irina espère trouver là-bas.

– Rien en rapport avec Benjamin Franklin ?

Amy secoua la tête.

– Autrefois, on l'appelait « l'île aux vaches » parce que c'était un simple pré. Puis, petit à petit, des gens sont venus s'y installer.

– Des vaches ? Génial !

Comparée aux autres quartiers de Paris qu'ils avaient visités, l'île Saint-Louis avait des allures de ville fantôme, avec ses rues étroites et ses vieux bâtiments aux toits d'ardoise. La plupart des boutiques étaient fermées et les vitrines éteintes. Les lampadaires projetaient l'ombre des arbres sur les façades, hantées par d'étranges silhouettes. Amy était trop grande pour avoir peur des monstres, toutefois elle n'était pas très à l'aise.

Un couple de personnes âgées traversa la rue. Peut-être était-ce son imagination, mais elle eut l'impression qu'ils leur jetèrent un coup d'œil soupçonneux avant de pénétrer dans leur immeuble. Un peu plus loin, un homme promenait son labrador. En passant devant eux, il leur adressa un sourire qui lui rappela celui des Kabra : mystérieux et sournois.

« Tu deviens complètement paranoïaque », se dit-elle. À moins que d'autres concurrents ne soient en course, en dehors des sept équipes ? Elle glissa un regard à son frère, mais préféra ne pas lui faire part de ses doutes… pour le moment. La situation était déjà assez stressante comme ça.

Une centaine de mètres plus loin, ils tombèrent sur la rue Budé. Elle était encore plus étroite que les autres et bordée de très vieilles bâtisses. Amy chercha le numéro des yeux, puis s'interrompit.

– Dan, tu es sûr que c'est au 23 ?

– Oui, pourquoi ?

Elle tendit le bras. Il n'y avait pas d'immeuble au numéro 23, rue Budé, mais un petit cimetière, derrière une grille de fer forgé rouillée. Dans le fond, ils distinguèrent une chapelle funéraire en marbre et, sur le devant, des dizaines de stèles émoussées par le temps, toutes de travers comme les dents d'un vieillard.

Le cimetière était coincé entre deux hauts immeubles. Au rez-de-chaussée se trouvaient, d'un côté, un musée et, de l'autre, un ancien magasin dont la vitrine était peinte en noir et la porte condamnée. Pas une seule lumière. La faible lueur orangée du ciel nocturne accentuait l'étrangeté de la scène.

– Je n'aime pas ça, murmura Amy. Cet endroit n'a rien à voir avec Franklin.

– Comment peux-tu le savoir ? répliqua Dan. On n'a pas exploré les lieux. Y a de super tombes, par là !

– Non, Dan. Tu n'as pas le temps de faire des empreintes !

– Oh !

Il pénétra dans le cimetière, et sa sœur n'eut d'autre choix que de le suivre. Les pierres tombales ne leur apprirent pas grand-chose, car le temps avait effacé toute inscription. Le cœur d'Amy battait à tout rompre. Quelque chose clochait. Elle avait beau se creuser les méninges pour déterminer ce qui pouvait lier ce cimetière à Benjamin Franklin, elle ne voyait pas.

Avec précaution, elle se dirigea vers la chapelle funéraire – une idée bizarre que cette petite maison pour les morts.

Le portillon en fer était ouvert, mais elle hésitait à entrer. De là où elle était, elle ne voyait rien de particulier à l'intérieur, juste des plaques gravées. Puis elle remarqua une dalle de marbre posée par terre, à l'entrée. L'inscription était récente :

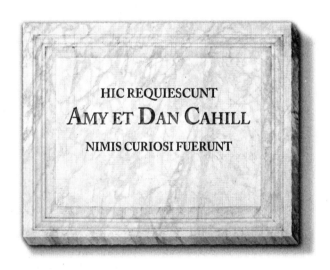

HIC REQUIESCUNT
AMY ET DAN CAHILL
NIMIS CURIOSI FUERUNT

– Mais… pourquoi il y a nos noms ? s'étonna Dan.
Amy secoua la tête.

– Ce doit être un message, mais je ne comprends rien.

– On entre ? proposa son frère.

– Non, c'est un piège !

Sans l'écouter, il fit un pas en avant... et le sol se déroba sous ses pieds. La plaque de marbre s'enfonça, emportant le garçon avec elle.

– Nooon ! Daaan ! hurla Amy.

Elle se précipita à son secours, mais le terrain s'effondrait. Terre et cailloux roulèrent sous ses semelles et elle bascula dans le vide.

Pendant une seconde, elle resta hébétée, trop sonnée pour réfléchir. Elle toussa, les poumons emplis de poussière. Elle avait atterri sur un truc mou et chaud...

– Dan !

Paniquée, elle s'écarta tant bien que mal et tenta de le secouer légèrement.

– Dan, Dan, je t'en prie, dis-moi que tu es vivant !

– Grmm, grogna-t-il.

– Ça va ?

– À ton avis ? Ma sœur vient de me tomber dessus avec ses os pointus.

Elle laissa échapper un soupir de soulagement. Il râlait, c'était bon signe. Elle se releva en titubant, puis elle leva la tête et aperçut le bord de la fosse.

– Le terrain est calcaire par ici, nota-t-elle, il y a beaucoup de tunnels et de cavités dans le sol de Paris.

– Alors, tu crois que c'est un accident ? s'étonna Dan. Tu parles, Irina Spasky nous a attirés ici exprès !

Il avait sans doute raison, mais Amy préférait ne pas y penser... ni imaginer ce qui risquait d'arriver. Il fallait qu'ils sortent de ce trou. Elle explora les parois à tâtons, en vain. Rien qu'un trou. Pas un seul tunnel... Pas d'issue... à part en haut, et ils avaient chuté de plus de trois mètres. C'était un miracle qu'ils n'aient rien de cassé.

Une vive lueur l'éblouit soudain.

– Tiens, tiens, fit une voix d'homme.

– *Ouaf ! Ouaf !* fit une voix de chien.

Elle distingua cinq silhouettes en survêtement violet et un pitbull surexcité qui les toisaient depuis le bord de la fosse.

– Les Holt ! s'exclama Dan. J'aurais dû m'en douter. Vous êtes de mèche avec Irina, vous nous avez tendu un piège.

– Hé, du calme, minus, répliqua Madison. On n'a piégé personne.

– Ouais, vous êtes tombés tout seuls, renchérit Reagan.

Les jumelles se tapèrent dans la main en éclatant de rire.

Amy bouillait de rage. C'était exactement comme dans ses cauchemars... elle était au fond d'un trou avec des gens qui la fixaient en se moquant. Sauf qu'il ne s'agissait pas d'un rêve, mais de la réalité.

– C'est le truc que vous cherchiez ? demanda Eisenhower Holt. Le labyrinthe des squelettes ?

Le pouls d'Amy s'accéléra.

– Qu-quoi ?

– Oh ! pas la peine de faire l'innocente. On est au courant pour le labyrinthe. On a lu l'almanach.

– C'est vous qui l'avez ? Mais Irina...

– ... nous l'a volé, grommela-t-il. Alors qu'on venait juste de l'arracher au vieux Coréen. On l'a suivie jusqu'à son QG, mais vous vous y êtes introduits avant qu'on ait pu donner l'assaut. Maintenant, vous avez récupéré le bouquin et vous êtes ici, ce n'est pas un hasard.

– Non, on ne l'a pas ! protesta Amy. On n'a même pas pu...

– Ouais, c'est ça, intervint Hamilton dont les cheveux gras luisaient dans la nuit. C'était à la page 52 : « B. F. : Labyrinthe des squelettes, coordonnées dans carré. » Papa a reconnu l'écriture de votre mère.

Amy tremblait des pieds à la tête. Elle n'arrivait pas à se contenir. Les Holt avaient feuilleté l'almanach et ils avaient trouvé un nouveau message de leur mère. Le labyrinthe des squelettes, elle avait sa petite idée là-dessus... En revanche, des coordonnées dans un carré ?

– Je-je ne sais pas ce que ça veut dire, bégaya-t-elle. Nous n'avons pas le livre. Mais si vous nous aidez à sortir de là, je pourrai peut-être...

– Tu crois qu'on va vous aider ? Tu rêves ! répliqua Madison.

Ils se remirent à ricaner. Toute la famille gloussait en chœur.

– Arrêtez, murmura-t-elle. Ce n'est pas...

– Oh, elle va pleurer ! s'écria Hamilton. Vous êtes vraiment pitoyables, tous les deux. Je ne sais pas comment vous avez fait pour survivre à l'incendie et à l'explosion.

– QUOI ? hurla Dan. C'est vous qui avez mis le feu au manoir ? C'est vous qui avez posé une bombe au musée ?

– Pour vous ralentir, expliqua Eisenhower. Nous aurions dû vous flanquer une raclée en personne. Désolé.

– Espèces de malades ! Faites-nous sortir d'ici !

Dan leur lança une pierre, mais elle passa entre les jambes de Reagan sans même la frôler.

La jeune fille fronça les sourcils tandis que son frère et sa sœur l'accablaient d'injures. Arnold aboyait comme un fou. Amy voyait bien que cela ne menait à rien. Comment convaincre les Holt de les aider à sortir ? Elle n'arrivait pas à articuler un mot. Elle avait juste envie de se cacher dans un trou de souris.

C'est alors que le sol trembla. Ils entendirent un grondement de moteur. Les Holt se retournèrent et parurent stupéfaits de ce qu'ils découvrirent.

– Petits traîtres ! rugit Eisenhower. C'est une embuscade, hein ?

– Qu'est-ce que vous racontez ? s'étonna Dan.

– Un énorme camion bloque le portail, annonça Mary-Todd. Une bétonneuse.

– Regarde, papa, fit Reagan. Ils ont des pelles.

Dan s'écria, paniqué :

– Ils viennent reboucher le trou, c'est ça ?

Amy acquiesça lentement avant de crier d'un ton suppliant :

– Monsieur Holt !

Dan se mit à sautiller sur place à la manière d'Arnold le pitbull, sans parvenir à atteindre le bord de la fosse.

– Allez, donnez-nous un coup de main ! On vous revaudra ça.

Eisenhower fit la moue et déclara :

– Vous nous avez tendu un piège. Je ne vois pas pourquoi on vous aiderait.

– Papa, intervint Reagan, on devrait peut-être...

– La ferme ! la coupa son frère. Laisse-nous gérer ça entre hommes !

– Reagan ! insista Dan. Aide-nous à sortir !

Mais elle se contenta de fixer le bout de ses baskets en se mordillant la lèvre.

Il jeta un regard désespéré à sa sœur.

– Fais quelque chose ! Dis-leur que tu as compris le sens du message.

Amy avait l'impression d'être déjà ensevelie dans le ciment. Son frère avait besoin d'elle, mais elle restait plantée là, pétrifiée, impuissante et furieuse de ne pas arriver à se secouer.

– HÉ HO ! hurla Dan. Elle sait ce que signifie l'indice du bouquin. Aidez-nous à sortir et on vous le dira !

M. Holt fronça les sourcils. Amy était sûre que jamais il n'avalerait ce mensonge. Ils allaient être enfouis dans le ciment, c'était la fin. Mais soudain Eisenhower ôta son blouson pour le faire pendre dans la fosse.

– Accrochez-vous à la manche, ordonna-t-il.

En dix secondes, Amy et Dan étaient dehors. Effectivement, une bétonnière bloquait l'entrée du cimetière. Six gaillards en casques et combinaisons de chantier étaient alignés devant la grille, brandissant leur pelle, prêts à la bagarre.

175

– Bien, on va leur montrer de quoi on est capables. Un pour tous, tous pour Holt, O.K. ?

Sur ces bonnes paroles, ils se jetèrent sur les ouvriers. Eisenhower saisit la pelle du premier gars, la fit tournoyer dans les airs et l'envoya s'écraser sur la bétonneuse… avec son propriétaire toujours cramponné au manche. CLANG ! Les jumelles foncèrent tête baissée dans le second type avec une telle violence qu'il décolla du sol et atterrit dans la vitrine d'un fleuriste, sur le trottoir d'en face. Arnold planta les crocs dans le mollet du troisième. Mary-Todd et Hamilton plaquèrent le quatrième contre l'arrière de son camion. Sa tête cogna sur un levier, libérant le ciment qui se déversa dans la rue.

Hélas, il restait deux hommes qui se ruèrent aussitôt sur Dan et Amy. Cette dernière reconnut les vigiles du QG des Lucian. Avant même qu'elle ait pu échafauder un plan, son frère tira la sphère métallique de son sac à dos.

– Non, Dan ! Ne…

Sans l'écouter, il lança l'objet de toutes ses forces. Sauf que, pour un fan de base-ball, c'était vraiment un très mauvais lanceur. La boule passa au-dessus de la tête des deux vigiles et explosa aux pieds de M. Holt. Il y eut un gros *boum*, assorti d'un flash aveuglant. Amy tomba à la renverse. Quand elle revint à elle, les Holt et leurs quatre adversaires étaient à terre, inconscients…, mais hélas pas les deux gaillards que Dan cherchait à neutraliser. Juste un peu sonnés, ils titubaient en secouant la tête.

Amy se tourna vers son frère, horrifiée.

– Qu'est-ce que tu as fait ?

– Hum... lancé une grenade à concussion, je crois. Le même genre qu'au musée. Je les ai assommés.

Les deux types qui étaient encore debout clignèrent des yeux à plusieurs reprises. Ils n'avaient pas l'air de très bonne humeur.

– On file ! hurla Dan entraînant sa sœur derrière le caveau.

Ils escaladèrent une autre grille en fer forgé, puis se plaquèrent contre l'arrière d'un bâtiment en briques. Pas d'issue. Nulle part où aller. Ils étaient coincés. Si seulement ils avaient eu une arme... Brusquement, Amy s'aperçut que son cerveau n'était plus paralysé par la peur. L'explosion lui avait rendu sa vivacité d'esprit. Elle savait quoi faire.

– Dan, la batterie !

Sans attendre sa réponse, elle lui arracha son sac des mains et en sortit l'engin tandis que les deux gars s'approchaient d'un pas hésitant, craignant probablement que le garçon ait d'autres grenades en stock. Elle déroula les câbles de cuivre avec précaution en murmurant pour elle-même.

– J'espère qu'elle est chargée.

– Qu'est-ce que tu fabriques ?

– Franklin s'amusait parfois à causer une petite frayeur à ses amis. S'il y a assez de jus...

Les hommes, arrivés derrière la grille, les sommèrent de se rendre. Amy secoua la tête. Lorsqu'ils entreprirent d'escalader la clôture, elle bondit pour mettre les fils de cuivre en contact avec les barreaux, faisant jaillir une gerbe d'étincelles bleues. Les deux vigiles lâchèrent prise en hurlant, les paumes fumantes. Ils tombèrent à la renverse, sonnés.

– Vite ! cria Amy.

Ils repassèrent de l'autre côté de la grille, traversèrent le cimetière en courant, laissant derrière eux les Holt et les ouvriers, toujours inconscients, et la bétonnière qui déversait son ciment.

Amy se sentait un peu coupable d'abandonner les Holt ainsi, malheureusement ils n'avaient pas le choix. Ils ne ralentirent le rythme qu'une fois sur le pont Louis-Philippe. Amy était pliée en deux, hors d'haleine. Mais ils étaient sains et saufs. Une fois encore, ils l'avaient échappé belle.

Cependant, en jetant un coup d'œil sur le quai, elle aperçut quelque chose qui la glaça. Tapi dans l'ombre de la pile du pont se tenait un homme aux cheveux grisonnants, vêtu de noir.

Et il les observait, ça ne faisait aucun doute.

15. Au cœur des catacombes

Dan pensait que Nellie allait les tuer. Il ne l'avait jamais vue aussi en colère.

– Qu'est-ce que vous avez fabriqué ? rugit-elle en arpentant leur minuscule chambre d'hôtel. Vous aviez dit deux heures. Deux heures. Je suis restée plantée devant l'hôtel une éternité et vous n'êtes jamais revenus. Vous ne m'avez même pas appelée. J'ai cru que vous étiez morts !

Elle secoua son iPod pour ponctuer sa phrase et les écouteurs dansèrent au bout de leur fil.

– Notre portable ne fonctionnait pas, expliqua Amy, penaude.

– On a eu un petit contretemps, enchaîna Dan. On s'est arrêtés pour manger une baguette. Et puis il y a eu la bétonnière, la grenade…

Le garçon avait l'impression d'avoir plutôt bien résumé leur journée, pourtant Nellie ouvrait des yeux grands comme des soucoupes.

– Recommence du début, ordonna-t-elle. Et pas de salades.

Peut-être était-il trop fatigué pour mentir ? Dan choisit de tout lui raconter depuis l'enterrement de leur grand-mère. Amy complétait, en ajoutant les détails qu'il avait pu oublier.

– Vous avez failli mourir ! s'écria Nellie d'une voix perçante. Ces dingues allaient vous ensevelir vivants !

– On a failli être un peu cimentés, en effet, admit-il.

– Et qu'est-ce qui était gravé dans le marbre alors ?

Dan ne connaissait pas le latin, mais il avait mémorisé l'inscription. Il la répéta à Nellie.

– Ici reposent Amy et Dan Cahill, qui se sont montrés trop curieux, traduisit-elle.

– C'était un piège ! Irina Spasky nous a entraînés là-bas pour se débarrasser de nous.

– En plus, on ne peut pas te payer, avoua Amy d'un ton misérable. On n'a même pas de quoi prendre des billets de retour. Je suis sincèrement désolée, Nellie.

La jeune fille au pair se tenait immobile. Son ombre à paupières pailletée était rouge, ce jour-là, ce qui accentuait son expression furibonde. Elle avait les bras croisés sur la poitrine, cachant à demi le punk enragé qui ornait son T-shirt. L'ensemble était assez effrayant. Soudain, elle étreignit Dan et Amy, et les serra fort dans ses bras.

Elle s'agenouilla pour les regarder dans les yeux.

– Il me reste un peu d'argent sur mon compte. Ça va aller.

Dan ne comprenait pas.

– Mais… tu n'as plus envie de nous étrangler ?

– Non, je vais vous aider, crétin.

Nellie le secoua légèrement par l'épaule.

– Personne ne touche à mes nains. Allez ! Maintenant, au lit. Demain, on donnera une petite leçon à ces gros affreux !

L'Hôtel des Étoiles n'avait d'étoile que le nom. Il aurait fallu le rebaptiser l'Hôtel des Rats. Dan les avait entendus trotter dans le grenier toute la nuit. Si Saladin avait été là, il se serait bien amusé.

Le lendemain matin, ils avaient tous les trois les yeux cernés, mais après une bonne douche, ça allait déjà mieux. Nellie descendit chercher du café pour elle, un chocolat chaud pour Dan et Amy et des croissants pour tout le monde. Bah, un pays où l'on mangeait aussi bien au petit-déjeuner ne pouvait pas avoir que des mauvais côtés !

– Bon, je peux refaire mon stock de grenades, aujourd'hui ? plaisanta le garçon.

– Pas question ! s'exclama sa sœur. Tu as eu de la chance, Dan. Tu aurais pu tuer toute la famille Holt.

– Ouais, dommage, que j'ai raté mon coup !

– Arrêtez de vous chamailler, intervint Nellie. L'important, c'est que vous soyez sains et saufs.

Amy grignotait son croissant du bout des lèvres. Elle était livide, les cheveux hirsutes.

– Dan… je suis désolée pour hier soir. J'ai… j'ai paniqué. On a failli mourir par ma faute.

Son frère avait presque oublié cet épisode. Il avait été furieux sur le moment, mais c'était difficile de lui en vouloir quand elle prenait cet air misérable. Et puis, elle l'avait épaté avec le coup de la batterie.

– Ne t'en fais pas, lui dit-il.

– Oui, mais si jamais ça se reproduit…

– Hé, si Irina nous piège à nouveau, c'est qu'on est encore plus stupides que les Holt !

Cela ne parut pas vraiment la réconforter.

– Je ne comprends pas ce que vient faire cet homme en noir dans l'histoire. Pourquoi était-il là-bas hier soir ? Et si les Holt sont responsables de l'incendie du manoir et de l'explosion du musée…

– … qu'est-ce qu'il fabriquait sur les lieux à chaque fois ? compléta Dan. Et pour quelle raison Irina avait-elle sa photo ?

Il s'attendait à ce que, comme d'habitude, sa sœur lui fournisse une explication du genre « Oh, j'ai fait un exposé là-dessus l'an dernier », cependant elle se contenta de plonger le nez dans sa tasse.

– Vous devriez peut-être chercher quelle est la prochaine étape, leur conseilla Nellie.

Amy prit une profonde inspiration avant d'annoncer :

– Je crois que je sais. Dan, je peux t'emprunter le portable ?

Il la dévisagea, surpris, car elle détestait les ordinateurs. Il le lui alluma, et elle lança aussitôt une recherche sur Internet. Quelques minutes plus tard, elle fit la grimace en tournant l'écran vers eux. On y voyait des os empilés dans une pièce sombre, creusée dans la pierre.

– Je m'en doutais depuis un moment, soupira-t-elle, mais j'espérais me tromper. Le labyrinthe des squelettes... C'est ce que maman a noté dans l'*Almanach du Bonhomme Richard*. Il faut qu'on descende dans les catacombes.

– Mm... c'est quoi ? Un truc qui mixe catastrophe et tombes, ça ne me dit rien qui vaille.

– Tu as raison, confirma Amy. Il s'agit d'un labyrinthe souterrain. Le sous-sol de Paris est un vrai gruyère. Depuis l'Antiquité romaine, on en a extrait des tonnes de calcaire pour construire des bâtiments. Et ça a laissé des trous, comme celui où nous sommes tombés hier...

– Ainsi que des dédales de tunnels, enchaîna Nellie. Oui, j'en ai entendu parler. Un labyrinthe rempli d'ossements, c'est ça ?

– Cool ! Pas mal comme idée de déco ! s'écria Dan. D'où ils viennent, ces os ?

– Des cimetières, expliqua Amy. Au XVIIIe siècle, comme il n'y avait plus de place, on a décidé de déterrer les plus vieux morts – enfin leurs squelettes – pour les mettre dans les catacombes. Regarde les dates. Ils ont commencé à transférer les corps en 1785. Justement la dernière année que Franklin a passée à Paris.

– Waouh ! Tu crois que...

– Il a caché quelque chose là-bas.

Un silence de plomb accueillit cette nouvelle. Dan entendait les rats gratouiller dans les placards.

– Donc, récapitula Nellie, il faut qu'on descende sous terre dans un labyrinthe plein de squelettes pour trouver... Dieu sait quoi.

Amy acquiesça.

– Le problème, c'est que les catacombes sont immenses ! Il n'y a qu'un seul accès ouvert au public. Face à la station Denfert-Rochereau, dans le 14e arrondissement.

– Si c'est la seule entrée, les autres équipes risquent de se ruer là-bas aussi. Tout le monde s'est arraché l'almanach. Ils ont sans doute déjà compris ce qu'est « le labyrinthe des squelettes ».

– Ça ne me dérange pas, déclara Nellie en époussetant les miettes de croissant de son T-shirt. J'ai hâte de faire connaissance avec votre famille.

Le sac à dos de Dan était beaucoup plus léger aujourd'hui. Avant de partir, il s'assura que son père et sa mère étaient là où il les avait laissés, dans leur pochette en plastique, souriant au sommet de leur montagne, comme si côtoyer une batterie antique et une grenade ne les avait pas dérangés le moins du monde.

Il se demanda s'ils auraient été fiers d'eux ou s'ils auraient paniqué comme Nellie : « Vous avez failli vous faire tuer » et blablabla. Il décida qu'ils auraient sûrement été plus cools. Ils avaient dû vivre pire.

Peut-être qu'ils possédaient un arsenal secret à la maison, avant l'incendie.

– Dan ! cria Amy. Sors de la salle de bains ! On y va !

– J'arrive !

Il jeta un dernier regard à ses parents.

– Merci pour le tuyau sur le labyrinthe des squelettes, maman. Je ne te décevrai pas !

Il glissa vite la photo dans son sac avant de rejoindre Amy et Nellie.

Ils n'étaient pas sortis de la station Denfert-Rochereau depuis deux minutes lorsqu'ils aperçurent oncle Alistair. Ils auraient eu du mal à le rater, avec son costume rouge cerise, sa cravate jaune canari et sa canne au pommeau en diamant à la main. Le vieil homme se dirigea vers eux d'un pas nonchalant, le sourire aux lèvres et les bras ouverts. Dan vit qu'il avait un œil au beurre noir.

– Mes chers enfants !

Nellie lui assena un coup de sac à dos sur le crâne.

– Ouille ! fit-il en rentrant la tête dans les épaules.

– Nellie ! s'écria Amy d'un ton de reproche.

– Désolée, murmura-t-elle, je l'ai pris pour l'un des méchants.

– Et tu as eu raison, affirma Dan.

– Mais non, mais non.

Alistair voulut sourire, il ne parvint qu'à grimacer en clignant des paupières. Il avait sûrement récolté un deuxième œil au beurre noir et c'était bien fait pour lui.

– Enfin, les enfants, faites-moi confiance. Je ne suis pas votre ennemi !

– Vous nous avez volé l'almanach et vous nous avez abandonnés au milieu des flammes !

– Bon, d'accord, j'ai cru que vous étiez morts dans l'incendie, admit-il. Je m'en suis moi-même tiré de justesse. Par chance, j'ai trouvé le loquet pour ouvrir la porte. Je vous ai appelés, mais vous aviez dû découvrir une autre issue. J'avais l'almanach, certes, je ne pouvais pas le laisser brûler. Je reconnais que, une fois dehors, j'ai paniqué. Je craignais qu'on ne m'accuse d'avoir provoqué l'incendie. Alors j'ai pris la fuite. Pardonnez-moi.

L'expression d'Amy se radoucit, mais Dan n'en croyait pas un mot.

– Il ment ! « Ne faites confiance à personne », tu te souviens ?

– Je l'assomme pour de bon ? proposa Nellie.

Oncle Alistair recula d'un pas.

– Écoutez, je vous en prie. Les catacombes se trouvent juste en face.

Il désigna un petit bâtiment à la façade noircie de l'autre côté de la place. Au-dessus de la porte, on lisait en lettres blanches : Entrée des catacombes.

Le quartier était des plus banals : des immeubles, des boutiques, des passants qui partaient travailler. Difficile d'imaginer qu'ils avaient un labyrinthe plein de squelettes sous les pieds.

– Il faut que je vous dise quelque chose avant que vous n'entriez. Accordez-moi juste dix minutes. Vous courez un grave danger.

– Un grave danger, marmonna Dan. C'est une blague ?

Amy posa la main sur son bras.

– Dan… On devrait peut-être l'écouter. Dix minutes. Qu'est-ce qu'on a à perdre ?

« Beaucoup de choses », pensa-t-il. Mais Alistair sourit.

– Merci, jeune fille. Il y a un café au coin. Allons-y.

C'était Alistair qui régalait, Dan en profita pour déjeuner : un sandwich jambon-fromage avec des frites, accompagnés d'un grand Coca. Nellie discuta un long moment avec le serveur en français avant de commander une spécialité locale des plus étranges. Le serveur eut l'air impressionné, mais lorsqu'il lui apporta son plat, impossible de deviner de quoi il s'agissait. Dan trouvait que ça ressemblait à des crottes de lapin, mais la jeune fille le détrompa : il s'agissait d'escargots à l'ail, un mets très apprécié des Français.

D'une voix peinée, Alistair leur expliqua que les Holt lui avaient tendu une embuscade à la sortie de l'aéroport pour lui arracher l'*Almanach du Bonhomme Richard*.

– Ces sauvages m'ont défiguré et cassé une côte. Je suis trop vieux pour ce genre d'aventures.

Il effleura du doigt son œil endolori.

– Pourquoi tout le monde s'entretue pour ce livre ? s'étonna Amy. Il doit bien y avoir d'autres pistes, non ? Par exemple, le message à l'encre invisible que nous avons découvert à Philadelphie...

– Amy ! la coupa son frère. Tiens ta langue !

– Ne t'en fais pas, mon garçon. Tu as raison, Amy, bien évidemment, confirma Alistair. Plusieurs chemins mènent à la deuxième clé. Moi, j'ai trouvé un message caché dans un portrait de... regardez...

Il tira un papier de sa poche. C'était un tableau représentant Benjamin Franklin assis sur un rocher, sa cape rouge flottant au vent dans la tempête, ce qui semblait assez ridicule. Deux angelots à ses pieds tripotaient une batterie, et trois autres derrière lui jouaient au cerf-volant. Sur la ficelle tendue était passée une clé dont jaillissaient des éclairs, attirés par le bras levé de Franklin.

– N'importe quoi, commenta Dan.

– Bien sûr, mon garçon, intervint Alistair, c'est symbolique. Le peintre Benjamin West a voulu représenter Franklin en héros domptant les éclairs. Mais il y a également des symboles cachés que seul un Cahill peut découvrir. Regardez son genou.

Dan ne voyait rien d'extraordinaire. En revanche, sa sœur s'écria :

– Le drapé du tissu !

Le garçon plissa les yeux. Effectivement, un morceau de la cape était peint d'un rouge plus clair, et il avait une forme familière.

– Waouh ! L'emblème des Lucian.

Écarquillant les yeux, Nellie s'exclama :

– On dirait les pin-up que les routiers peignent sur leurs camions !

– Mais non, ce sont deux serpents enroulés autour d'une épée, affirma Amy.

– Et ce n'est pas tout, reprit Alistair. Sur le parchemin que Franklin a dans la main, recouvert de peinture blanche, presque impossible à lire...

Effectivement, en y regardant de plus près, Dan distingua quelques mots esquissés sur le document.

– Paris 1785, déchiffra-t-il.

– Très juste, mon garçon. Voilà un portrait de Franklin comportant une clé, l'emblème des Lucian et l'inscription « Paris, 1785 ». Un indice significatif.

– Je n'aurais jamais trouvé, avoua Amy, stupéfaite.

Alistair haussa les épaules.

– Tu l'as dit toi-même, il y a plusieurs pistes, qui mènent toutes à la deuxième clé. Hélas, les Cahill préfèrent se battre, se voler des informations et se mettre des bâtons dans les roues... comme en attestent ma côte cassée et mon œil au beurre noir.

– Mais qui a caché tous ces indices ? demanda Amy. Franklin ?

Alistair but une gorgée de café.

– Aucune idée, jeune demoiselle. Selon moi, tous les Cahill y ont contribué au fil des siècles. Puis, j'imagine que cette chère Grace a assemblé les différents éléments, mais pourquoi et comment, ça, je l'ignore. Quelle que soit la nature de ce trésor, les plus grands Cahill se sont donné un mal fou pour le cacher. Ou peut-être, certains, comme Franklin, ont-ils cherché à nous guider. Nous n'aurons sans doute la réponse que lorsque nous l'aurons trouvé.

– Nous ? répéta Dan.

– Je suis toujours convaincu que nous devrions nous associer.

Nellie secoua la tête.

– Ne vous fiez pas à ce gars-là, les nains. Il est trop mielleux.

Alistair éclata de rire.

– Parce que vous êtes une experte en la matière, je suppose, mademoiselle la baby-sitter ?

– Jeune fille au pair, corrigea-t-elle.

Le vieil homme reprit son sérieux.

– Visiblement, nos adversaires ont décidé que vous étiez l'équipe à abattre, mes enfants.

– Pourquoi nous ? s'étonna Amy.

– Vous êtes en tête. Vous avez déjoué tous les pièges. Vous avez toujours été les chouchous de Grace…

Son regard étincelait, plein de convoitise.

– … Soyons francs, nous sommes tous persuadés qu'elle vous a aiguillés. Forcément. Dites-moi ce que vous savez et je vous aiderai.

Dan serra les poings. En principe, leur grand-mère aurait dû leur fournir une piste. Si elle les avait aimés, elle ne les aurait pas laissés aussi désarmés, mais, contrairement à ce que s'imaginaient leurs adversaires, ils n'étaient qu'une équipe parmi d'autres. Plus il y pensait, plus il se sentait trahi. Il regarda le pendentif de jade au cou de sa sœur. Il avait envie de le lui arracher. Les larmes lui montèrent aux yeux.

– Elle ne nous a fourni aucun tuyau, marmonna-t-il.

– Enfin, mon garçon, vous êtes en danger, répéta Alistair. Je suis en mesure de vous protéger. Nous pourrions explorer les catacombes ensemble.

– Nous nous débrouillerons seuls, décréta Dan.

– Comme vous voulez, mais je vous préviens : c'est immense. Il y a des kilomètres de galeries. On peut facilement se perdre. Des patrouilles de police pourchassent ceux qui s'écartent de la partie ouverte au public. Certains tunnels sont inondés. Parfois ils s'affaissent. Chercher cet indice dans les catacombes est mission impossible, à moins…

Il se pencha vers eux en haussant les sourcils.

– … à moins que vous ne disposiez d'informations que vous avez omis de me communiquer. Dans l'almanach, il y avait une note mentionnant des coordonnées dans un carré. Sauriez-vous par hasard ce que ça signifie ?

– Même si on le savait, répliqua Dan, on ne vous le dirait pas.

Amy caressa son collier de jade.

– Désolée, oncle Alistair.

– Bien, j'admire votre courage, fit-il en se rasseyant. Et si je vous proposais un marché ? Je suis sûr que vous vous interrogez sur les notes qu'a laissées votre mère sur l'almanach. Je connaissais vos parents. Je peux vous fournir certaines explications.

Dan avait l'impression que l'air autour de lui s'était changé en verre tranchant. Il n'osait remuer de peur de se couper.

– De quel genre ?

Alistair sourit, conscient qu'il avait touché un point sensible.

– L'intérêt de votre mère pour ces indices. Ou le véritable métier de votre père.

– Il était prof de maths, dit Amy.

– Mmm…

Le sourire du vieil homme était tellement agaçant que Dan avait envie de lui flanquer un nouveau coup de sac.

– Peut-être aimeriez-vous savoir ce qui s'est passé la nuit de leur mort ?

Dan sentait son jambon-fromage lui peser sur l'estomac.

– Qu'est-ce que vous en savez ?

– Il y a de nombreuses années, votre mère…

Alistair s'interrompit brusquement, fixant quelque chose sur le trottoir d'en face.

– Les enfants, nous reprendrons cette discussion plus tard. Allez explorer les catacombes de votre côté, je reste là en gage de bonne foi.

– Qu'est-ce que vous voulez dire ? demanda Dan.

Il pointa sa canne. À une centaine de mètres de là, Ian et Natalie Kabra se frayaient un chemin dans la foule.

– Je vais essayer de les retenir le plus longtemps possible, promit-il. Maintenant, filez !

16. Le carré magique

Amy avait horreur de la foule, mais l'idée de se promener parmi six millions de morts ne l'embêtait pas du tout.

Elle passa devant Dan et Nellie pour descendre l'escalier en ferraille et déboucha dans un souterrain faiblement éclairé. Le tunnel creusé dans le calcaire sentait le moisi et la pierre humide.

– Il n'y a qu'une seule issue, les nains, remarqua Nellie avec nervosité. Si on se fait coincer ici…

– Il devrait bientôt y avoir un embranchement, affirma Amy d'un ton qu'elle voulait assuré.

Les parois étaient couvertes de graffitis, certains récents, d'autres plus anciens. Une inscription était gravée dans le marbre, juste au-dessus de leurs têtes.

– « Arrête ! C'est ici l'empire de la mort », traduisit Nellie.

– Charmant, murmura Dan.

Tout en avançant, Amy repensait à ce que leur avait dit oncle Alistair. Possédait-il vraiment des renseignements sur leurs parents ou s'agissait-il d'une simple tentative de manipulation ? Elle s'efforça de chasser tout cela de son esprit.

– Ben alors, ils sont où, les squelettes ? s'impatienta son frère.

Juste à ce moment-là, ils pénétrèrent dans une grande salle et il ne put retenir un petit cri de surprise :

– Oh !

Difficile de faire plus sinistre. Le long des murs, des ossements humains étaient entassés comme du bois mort du sol au plafond. Des fémurs pour la plupart, jaune marron, avec, de temps à autre, pour rompre la monotonie, un crâne qui les fixait de ses orbites vides.

Amy avançait, bouche bée. La pièce suivante était en tous points identique : des parois couvertes d'ossements, encore et encore. Les faibles ampoules électriques jetaient des ombres tremblantes, accentuant l'étrangeté du décor.

– Répugnant, commenta Nellie. Il y en a des milliers…

– Des millions, tu veux dire, corrigea Amy. On ne peut en voir qu'une petite partie.

– Ils ont déterré tous ces cadavres ? s'étonna Dan. Qui a dû faire le sale boulot ?

Amy l'ignorait, mais elle était étonnée de la façon dont on avait agencé crânes et fémurs pour créer des motifs : diagonales, rayures et formes variées. C'était bizarre et affreusement macabre... et pourtant presque beau.

Dans la troisième salle se dressait un autel aux cierges éteints.

– Il faut qu'on trouve le tunnel le plus ancien, dit Amy. Ces ossements sont trop récents. Regardez la plaque. Ils datent seulement de 1804.

Elle prit la tête du groupe. Les crânes semblaient les suivre du regard.

– Trop cool, murmura Dan. Je pourrais peut-être...

– Non, Dan, le coupa sa sœur. Pas question que tu prennes un os !

Nellie marmonnait ce qui avait tout l'air d'une prière en espagnol.

– C'est glauque ! Je ne vois pas ce que Benjamin Franklin aurait pu venir faire ici !

Amy continuait à avancer, en lisant les dates sur les plaques de cuivre.

– C'était un scientifique, expliqua-t-elle. Il s'intéressait beaucoup aux grands chantiers publics. Cet endroit devait le fasciner.

– Des os, des os et encore des os, tu parles comme c'est fascinant, grommela la jeune fille au pair.

Ils s'engagèrent dans une galerie étroite et se retrouvèrent bloqués par un portail en fer. Amy le poussa. Il s'ouvrit en grinçant comme s'il n'avait pas pivoté sur ses gonds depuis des siècles.

– Tu es sûre que c'est une bonne idée d'aller par là ? s'inquiéta Nellie.

Amy hocha la tête. Les dates étaient de plus en plus anciennes. En revanche, il n'y avait plus de tuyaux métalliques au plafond, ce qui signifiait qu'il n'y avait plus l'électricité, donc plus de lumière.

– Quelqu'un aurait une lampe de poche ? demanda-t-elle.

– Ouais, sur mon porte-clés.

La jeune fille au pair sortit son trousseau et le lui tendit. La minuscule diode n'éclairait pas grand-chose, mais c'était tout de même mieux que rien. Ils poursuivirent leur chemin. Au bout d'environ trois cents mètres, ils débouchèrent dans une petite pièce munie d'une seule autre issue.

Amy dirigea le faisceau de la lampe sur une vieille plaque encadrée par des crânes.

– 1785 ! Voilà les premiers ossements qui ont été transférés ici.

La paroi était en mauvais état. Les os étaient marron et tellement friables que certains tombaient en morceaux. Les crânes du haut étaient défoncés, tandis que ceux du milieu semblaient intacts. Ils formaient un simple carré, rien de bien extraordinaire.

– Il faut chercher. L'indice doit se trouver par là, décréta-t-elle.

Dan glissa la main dans les fentes de la paroi. Nellie se hissa sur la pointe des pieds pour regarder au-dessus. Quant à Amy, elle braqua la lampe dans les orbites des squelettes.

– Il n'y a rien. Une autre équipe doit être passée avant nous, conclut-elle.

Dan se gratta le crâne. Puis, pour s'amuser, gratta un crâne sur le mur.

– Hé ! s'exclama-t-il. Pourquoi ils sont numérotés ? C'était une équipe de foot ou quoi ?

Amy n'avait pas envie de plaisanter.

– Qu'est-ce que tu racontes ?

– Là, sur le front, insista-t-il en tapotant l'un des crânes. Lui, il a le maillot numéro 3.

Sa sœur se pencha pour l'étudier de plus près. Dan avait raison. C'était très discret, mais un III en chiffres romains avait été gravé sur le crâne.

Elle examina celui d'en dessous. XIX. Un carré... avec des chiffres.

– Vite, regarde-les tous ! ordonna-t-elle.

Ce ne fut pas long. Il y avait seize crânes : quatre rangées de quatre. Tous portaient un numéro sauf trois d'entre eux. Ce qui donnait à peu près ça :

Un frisson d'excitation parcourut Amy.

– Des coordonnées dans un carré... C'est un carré magique, évidemment ! s'écria-t-elle.

– Quoi ? Qu'est-ce qui est magique ?

– Dan, tu pourrais mémoriser les chiffres et leur emplacement ?

– C'est fait.

– Il faut qu'on sorte d'ici et qu'on se procure un plan. Voilà notre indice, qui va nous mener à la deuxième clé, au secret de Franklin.

– Une minute, intervint Nellie. Franklin a gravé des chiffres sur ces crânes... mais pour quoi faire ?

– C'est un carré magique, expliqua Amy. Il adorait jouer avec les chiffres quand il s'ennuyait. Lorsqu'il siégeait à l'assemblée de Pennsylvanie, il s'inventait des problèmes de maths pendant les longs discours. Il s'agit d'une grille avec des chiffres où il faut remplir les cases vides de sorte à obtenir la même somme pour chaque colonne et chaque ligne.

Nellie fronça les sourcils.

– Tu es en train de me dire que Benjamin Franklin a inventé le sudoku ?

– Eh bien, oui, en quelque sorte. Et là, on a...

– Les coordonnées ! compléta Dan. Les chiffres manquants indiquent la situation du prochain indice.

Des applaudissements retentirent dans la pièce.

– Bravo !

En se retournant, ils découvrirent Ian et Natalie dans l'encadrement de la porte.

– Je t'avais bien dit qu'ils y arriveraient, Nat.

– Bon, d'accord, concéda-t-elle en passant la main dans ses cheveux lisses.

C'était horripilant : même à plusieurs mètres sous terre, dans une salle sombre et pleine de squelettes, Natalie Kabra réussissait l'exploit d'être super glamour. Avec sa combinaison en velours noir, elle paraissait plus près de vingt ans que de onze. Un petit détail détonnait : le pistolet argenté qu'elle brandissait.

– Finalement, ce n'est pas plus mal qu'Irina ait échoué...

– Alors c'est vous... ! s'écria Dan. Vous avez fait en sorte qu'elle nous attire sur l'île Saint-Louis. On a failli être ensevelis vivants !

– Dommage que ça n'ait pas marché, remarqua Natalie. Vous auriez fait un chouette paillasson pour le caveau.

– Enfin... pou-pourquoi ? bégaya Amy.

Ian sourit.

– Pour vous mettre hors course, tiens. Et nous laisser du temps afin de découvrir l'indice. En tout cas, merci de ton aide, Amy. Maintenant, pousse-toi un peu, qu'on puisse recopier ces nombres et filer.

– Non, répliqua-t-elle, tremblante.

Il s'esclaffa :

– Elle est mignonne ! Comme si on lui donnait le choix !

Natalie plissa le nez.

– C'est trop chou !

Amy rougit. Elle se sentait toujours stupide et empotée en présence des Kabra, mais il n'était pas

question qu'elle les laisse s'approcher de l'indice. Elle brandit un tibia.

– Si vous faites un pas de plus, je-je défonce les crânes. Vous ne pourrez plus noter les chiffres.

La menace n'était pas des plus convaincantes, mais Ian blêmit.

– Enfin, ne sois pas ridicule, Amy. On ne te veut aucun mal.

– Non, renchérit Natalie en la menaçant de son revolver, le poison numéro 6 fera parfaitement l'affaire. Rien de bien méchant. Juste un long long sommeil. Je suis sûre que quelqu'un vous retrouvera ici... un jour.

Une ombre se dressa derrière les Kabra. Oncle Alistair surgit soudain dans la pièce et plaqua Natalie au sol. Ian bondit sur le pistolet qui lui avait échappé.

– Filez ! ordonna le vieil homme.

Amy ne se fit pas prier. Avec Dan et Nellie, ils s'enfuirent par l'autre porte et s'enfoncèrent dans les profondeurs obscures des catacombes.

Ils coururent pendant ce qui leur sembla une éternité, sans rien d'autre que le porte-clés pour les éclairer. Mais, en tournant dans une galerie, ils se retrouvèrent bloqués par un tas de gravats. Ils revinrent sur leurs pas et s'engagèrent dans un autre tunnel, inondé par une eau trouble. Amy ne savait plus du tout où ils étaient.

– Alistair a dit qu'il y avait des patrouilles de police, murmura-t-elle. J'aimerais bien en croiser une.

Ils ne virent personne. La lampe de poche commençait à faiblir.

– Non ! supplia-t-elle. Non, non, non !

Ils pressèrent le pas, parcoururent cent cinquante, deux cents mètres avant que la diode ne s'éteigne complètement.

Elle chercha la main de son frère à tâtons et la serra fort.

– Ça va aller, les nains, affirma Nellie d'une voix mal assurée. On ne peut pas errer là-dessous éternellement.

Et pourquoi pas ? Il y avait des kilomètres de galeries souterraines, sans doute inexplorées. Personne ne viendrait les chercher là-dessous.

– Et si on criait à l'aide ? proposa Dan.

– Ça ne servira à rien, répondit sa sœur, abattue. On est perdus.

– Non ! protesta-t-il. On va longer le mur jusqu'à ce qu'on trouve une sortie. On…

– Chut !

– Je voulais juste…

– Chut, Dan ! Tais-toi. J'ai entendu quelque chose.

Seul le *plic-ploc* d'une goutte d'eau troublait le silence. Soudain, le bruit recommença : un grondement étouffé dans le lointain.

– On dirait un train, s'étonna Nellie.

Une vague d'espoir submergea Amy.

– On doit être près d'une ligne de métro. Venez !

Elle fonça droit devant, à tâtons. Elle frissonna en sentant des ossements sous ses doigts, mais continua à progresser dans le tunnel, qui s'incurvait sur la droite.

Petit à petit, le grondement s'amplifia. En tendant le bras vers la gauche, elle frôla une surface métallique.

– Une porte ! s'écria-t-elle. Je crois qu'elle est fermée. Viens voir, Dan.

– Où ça ?

Elle le chercha dans l'obscurité et guida sa main jusqu'au verrou. Quelques secondes plus tard, le battant s'ouvrit en grinçant et ils furent éblouis par une vive lumière.

Amy mit un instant à comprendre de quoi il s'agissait. Elle était en réalité face à une sorte de trappe : une ouverture carrée à environ un mètre cinquante du sol, juste assez large pour s'y faufiler. Elle donnait sur une voie de chemin de fer : des rails métalliques reliés par des planches de bois, reposant sur un lit de gravier où courait une bestiole poilue.

– Un rat !

Le rongeur la dévisagea, pas impressionné pour deux sous, avant de poursuivre son chemin.

– On est dans la fosse, annonça Dan. On n'a qu'à grimper pour...

La lumière s'intensifia. Un grondement terrible ébranla le tunnel, comme si un troupeau de dinosaures approchait au galop. Amy recula en titubant, les mains plaquées sur les oreilles. Un train passa, juste sous leur nez, dans un brouillard gris. Un courant d'air puissant souleva leurs vêtements et leurs cheveux. Puis brusquement, plus rien. Lorsqu'elle fut sûre de pouvoir articuler un son, Amy s'écria :

– On ne peut pas sortir par là ! C'est beaucoup trop dangereux !

– Regarde, fit Dan, il y a une échelle de service à même pas deux mètres. Il suffit de se faufiler par la trappe, de courir jusqu'à l'échelle et de se hisser sur le quai. Facile !

– Tu parles ! Et si un autre train arrive ?

– On n'a qu'à mesurer le laps de temps entre deux rames, proposa Nellie. J'ai un chrono sur mon iPod…

Mais à peine l'avait-elle tiré de son sac qu'un nouveau convoi passa en rugissant.

Dans la pénombre, son ombre à paupières pailletée lui donnait l'air d'un spectre.

– Ça nous laisse moins de cinq minutes. Il va falloir faire vite.

– O.K. ! décréta le garçon en se faufilant par la trappe.

– Dan ! hurla sa sœur.

Il se retourna, accroupi entre les rails.

– Allez, viens.

Amy laissa la jeune fille au pair lui faire la courte échelle, puis avec l'aide de son frère, elle sortit du trou.

– Aide-moi à tirer Nellie de là, ordonna-t-il. Et attention à ne pas toucher le troisième rail.

Amy se raidit. À moins d'un mètre, elle aperçut le rail noir qui alimentait les trains en électricité. C'était l'équivalent d'un millier de batteries de Franklin. Nellie eut du mal à s'extirper de la trappe. Il fallait qu'ils se pressent. Les rails commençaient à cliqueter.

– Ouf ! fit la jeune fille au pair en époussetant ses vêtements. Vite, l'échelle !

Dan voulut se relever, seulement quelque chose le retenait.

– Mince, mon sac à dos est coincé !

Il tira de toutes ses forces, en vain. L'une des bretelles s'était prise dans les rails.

– Laisse-le ! ordonna Amy.

Nellie était déjà sur l'échelle.

– Allez, dépêchez-vous !

Sur le quai, les passagers les avaient remarqués. Paniqués, ils criaient également. Dan ôta le sac de ses épaules et tenta de l'ouvrir, sans résultat.

– VITE ! rugit Nellie.

Amy sentait la voie trembler sous ses pieds.

– C'est pas grave, Dan !

– J'arrive. Une seconde.

– Laisse, Dan, ce n'est qu'un sac !

Une lumière apparut au bout du tunnel. Sur le quai, juste au-dessus d'eux, Nellie leur tendait la main. Une foule de passagers l'imitaient, les suppliant de monter.

– Amy ! cria la jeune fille au pair. Allez, viens.

Mais elle ne voulait pas abandonner Dan. Peut-être que, si elle passait la première, il la suivrait. Elle saisit la main de Nellie, qui la hissa hors de la fosse, puis elle se retourna aussitôt pour tendre la main à son frère.

– Dan, faut que tu sortes de là. Immédiatement !

Les phares du train brillaient dans le tunnel. Le sol tremblait. Un courant d'air annonçait l'arrivée imminente du train.

Le garçon tenta une dernière fois de dégager son sac, qui ne bougea pas d'un pouce. Quand il leva les yeux, Amy vit qu'il pleurait. Elle ne comprenait pas pourquoi.

– DAN !!! PRENDS-MOI LA MAIN !

Elle se pencha au maximum. Le train leur fonçait droit dessus. Poussant un cri de désespoir, Dan lui prit la main. Avec une force surhumaine, Amy le tira de la fosse. Elle y mit une telle énergie qu'ils roulèrent tous les deux sur le quai. La rame fila sans s'arrêter.

Lorsque le silence revint, les passagers amassés sur le quai hurlèrent en français. Nellie tenta de les calmer en expliquant ce qui s'était passé. Amy s'en moquait. Elle serrait son frère dans ses bras. Jamais elle ne l'avait vu sangloter aussi fort.

Elle jeta un coup d'œil entre les rails, mais le sac à dos n'y était plus, sans doute emporté par le train. Ils demeurèrent un long moment assis sur le quai. Dan continuait à hoqueter en se frottant les yeux. Petit à petit, les passagers se désintéressèrent d'eux. Ils s'éloignèrent ou grimpèrent dans les rames suivantes. Bientôt, il ne resta plus que Nellie, Amy et Dan, recroquevillés dans un coin du quai.

– Dan, reprit doucement Amy. Qu'est-ce qu'il y avait de si important dans ce sac ?

– Rien, répondit-il en reniflant.

C'était le plus gros mensonge qu'elle ait jamais entendu. D'habitude, il lui suffisait de regarder son frère dans les yeux pour savoir ce qu'il pensait. Là, il se renfermait complètement. Elle voyait simplement qu'il était triste, d'une infinie tristesse.

– Laisse tomber. On n'a pas le temps.

– Tu es sûr ?

– Laisse tomber, je t'ai dit ! On doit résoudre le carré magique avant les Kabra, non ?

Il avait raison. Et s'ils demeuraient trop longtemps sur ce quai, la police risquait de venir leur poser des questions. Elle jeta un dernier regard à la voie de chemin de fer où Dan avait failli mourir. Elle avait encore la peur au ventre, mais ils étaient allés trop loin pour reculer maintenant.

– Allons-y ! Il faut qu'on la trouve, cette deuxième clé !

Dehors, il s'était mis à pleuvoir.

Le temps qu'ils dénichent un café où s'abriter, Dan s'était calmé. Ou tout du moins, selon un accord tacite, ils avaient décidé de faire comme si. Ils s'assirent sous l'auvent pendant que Nellie commandait à manger. Amy qui se croyait incapable d'avaler quoi que ce soit réalisa qu'elle était affamée. Il était cinq heures de l'après-midi. Ils avaient perdu la notion du temps.

Elle espérait qu'oncle Alistair s'en était sorti. Elle n'avait toujours pas confiance en lui, mais elle ne pouvait pas nier qu'il leur avait sauvé la vie. Pendant qu'ils dégustaient leurs sandwiches crudités-brie, Dan dessina des crânes et des chiffres romains sur la nappe en papier.

– Douze, cinq, quatorze, voilà les chiffres qui manquent, annonça-t-il.

Amy ne vérifia même pas. Quand il s'agissait de résoudre un problème de maths, il ne se trompait jamais.

– C'est peut-être une adresse et un arrondissement, suggéra-t-elle.

Nellie éteignit son iPod.

– Tu ne crois pas que l'adresse aurait changé depuis le temps ?

La gorge d'Amy se serra. Elle avait raison. Si ça se trouve, le découpage en arrondissements n'existait pas à l'époque de Franklin. Et les numéros des bâtiments n'étaient certainement plus les mêmes. Auquel cas l'indice n'était plus valable. Pourtant Grace ne les aurait pas menés dans une impasse.

« Et pourquoi pas ? songea-t-elle amèrement. Elle ne s'est même pas donné la peine de nous parler de cette chasse au trésor en personne. Si Dan était mort écrasé par le train, tout aurait été de sa faute ! »

Non. Elle se montrait injuste. Grace avait sans doute ses raisons. Et ces chiffres devaient renvoyer à autre chose. Amy ne voyait qu'une solution, celle qui lui venait à l'esprit chaque fois qu'elle était confrontée à un problème insoluble.

– Il faut qu'on trouve une bibliothèque.

Nellie s'adressa au serveur en français et il parut comprendre ce qu'elle cherchait.

– Pas de problème, fit-il en dessinant un plan sur une serviette en papier.

Il ajouta même le nom d'une station de métro : École militaire.

– Dépêchons-nous, les pressa la jeune fille au pair. Il a dit que ça fermait à six heures.

Une demi-heure plus tard, trempés et encore imprégnés de l'odeur des catacombes, ils arrivèrent à la bibliothèque américaine de Paris.

– Ouf, c'est encore ouvert, constata Amy.

En jetant un coup d'œil à l'intérieur, elle aperçut des étagères chargées de livres et plein de fauteuils confortables pour lire.

– Tu crois qu'ils vont nous laisser entrer ? s'inquiéta Dan. On n'est pas inscrits ni rien…

Mais Amy était déjà en train de monter les marches. Pour la première fois de la journée, elle se sentait parfaitement sûre d'elle. Elle était dans son élément. Elle savait quoi faire.

Les bibliothécaires accoururent à leur secours comme de bons petits soldats. Amy leur expliqua qu'elle faisait des recherches sur Franklin et, cinq minutes plus tard, ils étaient assis à une table, dans une salle de réunion, penchés sur des reproductions de documents extrêmement rares, « dont il n'existait parfois pas d'autres exemplaires dans tout Paris », précisa le conservateur.

– Waouh ! souffla Dan. Voilà une liste de courses super rare.

Il allait la glisser sous la pile, mais Amy le retint.

– On ne peut jamais savoir ce qui est important ou pas. À l'époque, il y avait peu de magasins. Lorsqu'on avait besoin de quelque chose, il fallait passer commande auprès du commerçant pour se faire livrer la marchandise. Qu'est-ce que Franklin avait acheté ?

Dan soupira :

– « Veuillez, je vous prie, m'adresser les articles suivants : 3. *Traité sur la fabrication du cidre*, éditions Cave ; 2. *Essai sur l'éducation des enfants*, de James Nelson, 8 tomes, éditions Dodsley ; 1 dose de solution de fer ; *Lettres d'un officier russe...* »

– Attends une minute, le coupa Amy. Solution de fer, on a déjà entendu parler de ça, non ?

– Oui, c'était sur l'autre liste, affirma Dan. Dans l'une des lettres qu'on a trouvées à Philadelphie.

– Bizarre. C'est le seul article de la commande qui ne soit pas un livre.

– C'est quoi, ce truc ?

– Je sais, je sais ! claironna Nellie.

Elle ferma les yeux, les deux index sur les tempes dans une expression de concentration intense.

– Il s'agit d'un élément chimique utilisé dans le secteur du travail des métaux et de l'imprimerie, entre autres.

Amy la fixa, stupéfaite.

– Comment tu le sais ?

– J'ai pris option chimie l'an dernier. Je m'en souviens parce que le prof a dit que ça pouvait servir à fabriquer des ustensiles de cuisine haut de gamme. Franklin devait en mettre dans son encre lorsqu'il était imprimeur.

– Génial, murmura Dan. Sauf que ça ne nous avance à rien ! Bon, on peut revenir à nos coordonnées ?

Amy avait l'impression que quelque chose leur échappait… Elle continua cependant à examiner les documents. Elle finit par déplier une grande feuille jaunie qui se révéla être un ancien plan de Paris. Ses pupilles s'élargirent.

– C'est là ! annonça-t-elle en pointant son index sur la carte. L'église Saint-Pierre-de-Montmartre. On y va !

– Qu'est-ce qui te fait dire ça ? s'étonna Nellie.

– Le plan est quadrillé, tu vois ? fit-elle en montrant les chiffres dans la marge. Il a été réalisé par deux savants français, le comte de Buffon et Thomas-François Dalibard. J'en ai déjà entendu parler. Ils ont été les premiers à tester les paratonnerres de Benjamin Franklin. Et comme ils ont prouvé que ça fonctionnait, le roi Louis XVI les a chargés de superviser un projet pour en équiper les principaux monuments de Paris. Cette église a été le quatorzième bâtiment à en être équipé et elle est située dans la case 5-12. Franklin devait être au courant. Il était très fier que les Français mettent ses idées en application. C'est forcément ça. Je te parie une boîte des meilleurs chocolats français qu'on trouvera un accès aux catacombes dans cette église.

Dan n'avait pas l'air convaincu. Dehors, il pleuvait à verse. Le tonnerre ébranlait les vitres de la bibliothèque.

– Et si les Kabra arrivent avant nous ?

– On va faire en sorte d'être les premiers sur place, décréta Amy. Allez, on fonce !

17. Les premiers Cahill

Dan avait l'impression d'être complètement vidé, comme les crânes des catacombes. Pourtant, il était déterminé à ne pas le laisser paraître. Il était déjà assez gêné d'avoir pleuré comme un bébé sur le quai. À chaque fois qu'il voulait ouvrir son sac à dos, il se rappelait qu'il l'avait perdu. Il n'arrêtait pas de penser à la photo de ses parents, emportée par le métro. De deux choses l'une, soit elle avait été déchiquetée en mille morceaux, soit son père et sa mère souriaient désormais dans l'obscurité, avec les rats pour seule compagnie. Il voulait juste qu'ils puissent être fiers de lui. Maintenant, il se demandait si un jour ils lui pardonneraient.

Il pleuvait sans discontinuer. Le tonnerre grondait. Les éclairs zébraient le ciel, illuminant soudain la ville.

Si Dan avait été de meilleure humeur, il aurait certainement aimé se balader sur la butte Montmartre. Le quartier avait l'air sympa. C'était une grande colline avec, au sommet, une énorme église surmontée d'un dôme blanc étincelant malgré le temps maussade.

– C'est là qu'on va ? demanda-t-il.

Amy secoua la tête.

– Non, c'est la basilique du Sacré-Cœur. L'église Saint-Pierre est juste à côté, on la voit d'ici.

– Il y a deux églises l'une à côté de l'autre ?

– Oui.

– Et pourquoi Franklin n'a pas choisi la plus belle et la plus grande ?

Amy haussa les épaules.

– Parce qu'elle n'était pas encore construite à l'époque, tiens !

Forcément, c'était une bonne raison. Ils grimpèrent la colline, serpentant dans les rues étroites, bordées de bars et de discothèques dont les néons se reflétaient sur les trottoirs mouillés.

– Ah ! ça me rappelle que, dans une autre vie, je sortais le soir, soupira Nellie.

Amy leur raconta ce qu'elle savait sur ce quartier de Paris, par exemple que de nombreux artistes tels que Van Gogh, Picasso ou Dalí y avaient vécu.

La jeune fille au pair serra le col de son imperméable.

– D'après ma mère, le nom Montmartre voulait dire la montagne des martyrs parce que saint Denis a été décapité au sommet, justement là où l'on se rend.

Ce n'était pas un bon présage. Dan se demanda s'ils avaient conservé la tête du saint dans l'église et si elle avait une auréole.

Quelques minutes plus tard, ils se retrouvèrent dans une cour boueuse, contemplant la silhouette sombre de Saint-Pierre-de-Montmartre. Comparée au Sacré-Cœur en arrière-plan, l'église paraissait minuscule. Elle était en pierre grise, avec sur la gauche un clocher carré, surmonté d'une croix et d'un paratonnerre. Dan avait l'impression que tout l'édifice criait sa colère et sa rancœur. Si l'église avait eu des sourcils, elle les aurait froncés.

– Tu sais où chercher ? demanda-t-il.

– Dans la crypte ? proposa Nellie, pleine d'espoir. Au moins, on serait au sec.

BOUM ! Un roulement de tonnerre retentit au-dessus des toits. Un éclair permit à Dan de remarquer un détail.

– Venez voir cette tombe !

– Dan, protesta sa sœur, on n'a pas le temps de faire une empreinte pour ta collection.

Sans l'écouter, il courut examiner une stèle en marbre. Elle ne portait pas de nom, pas de date. Au début, il crut qu'un ange était gravé dans la pierre. En s'approchant, il constata qu'il s'était trompé. Le dessin avait beau être effacé par le temps, il distingua tout de même…

– Des serpents entrelacés ! s'exclama Amy. L'emblème des Lucian. Et là…

Elle s'agenouilla pour désigner une flèche gravée à la base de la stèle. Une flèche pointant vers le sol.

Amy et Dan échangèrent un regard avant de hocher la tête.

– Vous plaisantez ? Vous n'allez quand même pas…, bafouilla Nellie.

– Rouvrir cette tombe ? Si ! confirma le garçon.

Ils dénichèrent une remise à outils derrière l'église et y empruntèrent une pelle, deux bêches ainsi qu'une torche qui par miracle fonctionnait. Et les voilà en train de creuser la terre trempée. La pluie ne leur facilitait pas la tâche. En moins de temps qu'il ne faut pour le dire, ils se retrouvèrent couverts de boue de la tête aux pieds. Comme quand ils étaient petits et qu'ils se battaient dans la gadoue.

Ils creusèrent, creusèrent de plus en plus profond. Le trou se remplissait d'eau au fur et à mesure. Enfin, la pelle de Dan heurta quelque chose. En raclant la terre, il découvrit une plaque de marbre d'un peu plus d'un mètre de long, sur environ quatre-vingts centimètres de large.

– Trop petit pour un cercueil, commenta Amy.

– Ou alors pour un enfant, fit valoir Dan. Ça tiendrait juste.

– Arrête de dire des trucs pareils ! s'indigna Nellie.

Il s'essuya le visage d'un revers de main, étalant la boue sur ses joues.

– Il n'y a qu'un moyen de le savoir.

Il glissa le bout de la pelle sous la plaque de marbre et tenta de faire levier.

– Hé, j'ai besoin d'un coup de main !

Ils joignirent leurs forces et réussirent à soulever la pierre. Elle camouflait bien un trou, mais ce n'était pas une tombe. En se penchant, ils aperçurent des escaliers qui s'enfonçaient dans l'obscurité des catacombes.

À peine arrivé en bas, Dan balaya les alentours avec le faisceau de la torche. La pièce était carrée, creusée dans le calcaire, avec un tunnel sur la gauche et un autre sur la droite. Il ne vit pas d'ossements, mais les murs étaient couverts de fresques délavées par le temps. Au centre se dressait un piédestal de pierre sculptée d'environ un mètre de haut, surmonté d'une urne en porcelaine.

– Ne touchez à rien ! prévint Amy. C'est peut-être un piège.

Dan s'approcha.

– Trop drôle ! Il y a des petits Franklin gravés dessus !

Il y en avait un qui faisait du cerf-volant par temps d'orage, un drapé dans une cape en fourrure, un autre qui agitait sa canne au-dessus de l'océan comme une baguette magique.

– C'est un vase commémoratif. Ils ont été créés pour célébrer l'arrivée de Franklin à Paris.

– Je te parie vingt billets qu'on va trouver un truc à l'intérieur.

– Sois un peu sérieux, Dan ! répliqua Amy.

– Venez voir ça, les nains, les coupa Nellie.

Elle était devant le mur du fond. Dan s'approcha et braqua sa torche sur la fresque.

Les couleurs étaient fanées, mais on distinguait quatre silhouettes : deux hommes et deux femmes en costumes d'autrefois, remontant sans doute au Moyen Âge ou à la Renaissance.

Tout à fait sur la gauche, on voyait un homme brun et maigre, à l'air cruel, avec un poignard caché dans la manche. Sous ses pieds, en lettres noires presque effacées, on déchiffrait L. CAHILL. À ses côtés se tenait une jeune femme blonde aux yeux brillants d'intelligence, munie d'un ustensile en bronze, horloge ou instrument de navigation. Sous l'ourlet de sa robe marron, on lisait K. CAHILL. L'homme à droite était énorme, avec un cou épais et des sourcils broussailleux. Il avait une épée à la ceinture, les dents et les poings serrés. La légende indiquait T. CAHILL. Enfin, à l'extrême droite, se trouvait une femme en robe dorée, une natte rousse retombant sur l'épaule. Elle jouait d'une petite harpe. En dessous, on lisait nettement J. CAHILL.

Dan avait l'impression étrange que les quatre personnages le fixaient. Ils avaient l'air furieux, comme surpris en pleine dispute… Non, c'était ridicule. Comment pouvait-il déduire tout cela d'une simple peinture ?

– Qui est-ce ? voulut savoir Nellie.

Amy frôla la silhouette de L. Cahill, l'homme au couteau.

– L… comme Lucian ?

– Ouais, confirma Dan.

Il ignorait pourquoi, mais elle avait raison, il en était sûr. Il avait l'impression de lire dans les pensées de ces personnages comme avec Amy.

– Le premier membre de la branche des Lucian.

Sa sœur s'approcha de la femme qui avait un instrument à la main.

– K. Cahill... K comme Katherine, l'ancêtre du clan Ekaterina ?

– Peut-être.

Dan considéra l'homme à l'épée.

– T pour Tomas, alors. Hé, il a un petit air de famille avec les Holt !

Le portrait de T. Cahill parut le fusiller du regard. Dan l'imaginait sans peine vêtu d'un survêtement violet. Il s'intéressa ensuite au dernier personnage, la femme à la harpe.

– Et... J pour Janus. Elle s'appelait sans doute Jane.

Amy acquiesça.

– Ça se pourrait. La première du clan Janus. Regarde, elle a...

– ... les mêmes yeux que Jonah Wizard, compléta son frère.

La ressemblance était frappante.

– On dirait presque..., commença Amy.

– ... des frères et sœurs, poursuivit Dan.

Il y avait une certaine similitude dans les traits du visage, bien sûr, mais également dans leur attitude, dans leur expression. Dan s'était assez souvent battu avec Amy pour comprendre la situation : ces quatre-là étaient des frères et sœurs qui avaient passé leur vie à se bagarrer. Ça se voyait à la façon dont ils se tenaient :

ils étaient très proches, mais mouraient d'envie de se sauter à la gorge.

– Il s'est passé quelque chose entre eux, affirma Amy. Un truc...

Elle écarquilla soudain les yeux et s'agenouilla face à la fresque. En époussetant les toiles d'araignées entre K. et T. Cahill, elle mit au jour un détail de la peinture : à l'horizon, on devinait une maison en feu et une silhouette qui s'éloignait en courant, drapée dans une cape noire.

– Un incendie, murmura-t-elle en serrant le pendentif de jade dans sa main. Comme pour le manoir de Grace. Comme pour nos parents. Des siècles ont passé, mais les Cahill n'ont pas changé. Nous sommes toujours en train de nous entretuer.

Dan effleura la fresque du bout des doigts. Aussi ridicule que cela paraisse, il était sûr que sa sœur avait vu juste. Il se tenait face à ses quatre ancêtres, les fondateurs des quatre clans Cahill. Il étudia leurs visages, en se demandant à qui il ressemblait le plus.

– Enfin, que s'est-il passé ? les questionna Nellie. Qui se trouvait dans cette maison ?

Dan se retourna vers le piédestal de pierre.

– Aucune idée. Mais je pense qu'il est temps de regarder à l'intérieur de cette urne.

Dan se porta volontaire. Amy et Nellie le regardèrent ôter délicatement le vase de son socle. Le garçon fut un peu déçu de ne pas voir de flèches empoisonnées jaillir du récipient ni de lances tomber du plafond, ou de fosses à serpents s'ouvrir sous ses pieds. Il allait soulever le couvercle lorsque sa sœur l'arrêta.

– Attends une seconde.

Elle désigna la base du piédestal. Dan avait bien remarqué les décorations sans chercher à savoir ce qu'elles représentaient.

– C'est… une partition ?

Amy hocha la tête.

Portées et notes étaient gravées dans la pierre. Dan fit la moue. Le morceau paraissait compliqué et, en plus, ça lui rappelait de mauvais souvenirs : Mme Harsh, sa prof de piano, avait refusé de continuer à lui donner des cours l'an dernier, tout ça parce qu'il avait collé les touches de son instrument à la super glue.

– À ton avis, qu'est-ce que ça signifie ? demanda-t-il.

– Aucune idée, répondit Amy. Franklin aimait la musique…

– Bah ! c'est sans doute pour faire joli, coupa-t-il.

Brûlant d'impatience, il posa la main sur le couvercle.

– Non, Dan !

Cette fois, il ignora sa sœur et ouvrit l'urne. Rien ne se produisit. Il glissa la main à l'intérieur et en tira un tube de verre fermé par un bouchon de liège, enveloppé dans du papier.

– Qu'est-ce que c'est ? s'étonna Amy.

– Une fiole de je ne sais quoi.

Dan la sortit de son emballage, qu'il jeta par terre.

– Hé ! protesta sa sœur. C'est peut-être important.

– Hein ? Ce n'est qu'un vulgaire morceau de papier !

Elle le ramassa et le lissa du plat de la main. Après l'avoir parcouru des yeux, elle le glissa dans sa poche. Dan ne lui accorda pas un regard, occupé à déchiffrer les mots gravés sur la fiole, remplie d'un liquide vert et épais.

Voici ce qu'il lut :

– Qu'est-ce que c'est que ce charabia ? s'écria Nellie.

– De l'allemand ? hasarda Amy.

– Non, jamais vu une langue pareille.

Soudain, Dan eut une idée lumineuse. Le message se recomposait déjà dans son esprit.

– C'est une sorte de puzzle, annonça-t-il. Toutes les lettres sont mélangées.

– Une anagramme ? s'étonna Amy. Comment tu le sais ?

Il n'aurait su le dire, mais ça lui sautait aux yeux. C'était aussi naturel pour lui qu'un problème de maths à résoudre, une serrure à crocheter ou une carte de base-ball à classer.

– Donne-moi du papier et un crayon.

Amy fouilla dans son sac. Le seul bout de papier qu'elle put dénicher était la première clé qui les avait menés à l'*Almanach du Bonhomme Richard*. Dan s'en moquait. Il tendit la fiole à sa sœur pour la prendre et écrire sur le verso, décodant l'anagramme au fur et à mesure :

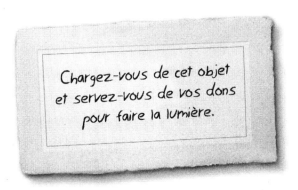

Chargez-vous de cet objet et servez-vous de vos dons pour faire la lumière.

– Waouh, souffla Nellie. Là, tu m'impressionnes !

– C'est la deuxième clé, affirma Dan. Forcément.

Amy fronça les sourcils, pas convaincue.

– Peut-être. Mais qu'est-ce que ça veut dire… « chargez-vous de cet objet » ?

Tout à coup, une vive lueur les éblouit.

– Beau boulot, couz' !

Au pied de l'escalier, trempé jusqu'aux os, mais toujours très content de lui, se tenait Jonah Wizard. Son père était juste derrière, en train de filmer.

– Là, c'est sûr, on va tout casser à la télé ! commenta le rappeur avec un sourire machiavélique. Trop fort, le moment où j'entre en scène pour virer les petits joueurs et leur piquer la deuxième clé !

18. Grandes retrouvailles

Amy se sentit soudain portée par l'énergie du désespoir, comme lorsqu'elle avait sauvé Dan sur le quai du métro. Ils n'avaient pas fait tout ça pour que leurs efforts soient anéantis par ce crétin de Jonah. Elle entendait la voix de Grace dans sa tête, calme, assurée : « Je sais que tu ne me décevras pas, Amy. » Elle leva la fiole à bout de bras.

– Jonah, recule ou... ou je la lâche !

Il éclata de rire.

– Tu n'oserais pas.

Cependant il avait l'air un peu inquiet.

– Super séquence, commenta son père. Continue, fiston. Quelle tension, génial !

– Et vous, arrêtez de filmer ! ordonna Amy.

Dan et Nellie la dévisagèrent, stupéfaits, mais elle s'en fichait. Elle en avait assez de tous ces Cahill qui se tiraient dans les pattes. Elle était dans une telle fureur qu'elle avait vraiment envie de jeter la fiole par terre.

Jonah l'avait bien senti.

– C'est bon, couz'. Relax ! On est tous potes, pas vrai ?

– La caméra ! insista-t-elle en faisant un pas en avant.

Le jeune rappeur céda.

– Papa, coupe la caméra.

– Mais, fiston…

– Arrête, je te dis.

À contrecœur, son père s'exécuta.

– Bien, Amy…

Jonah la gratifia de son sourire éblouissant.

– Cool, maintenant ? C'est la deuxième clé. Si tu la détruis, tout est fini et personne ne gagne rien. C'est ce que tu veux ?

– Recule, hurla-t-elle. Dans le coin. Va te mettre près de Jane.

Il fronça les sourcils.

– Qui ça ?

– Sur la fresque, mets-toi devant la dame en jaune… ton arrière-arrière-arrière-arrière-arrière-grand-mère.

Sans comprendre ce qu'elle racontait, le garçon obéit. Avec son père, ils se plaquèrent contre le mur du fond. Dan siffla.

– Bien joué, sœurette.

– Monte les escaliers, lui répondit-elle. Toi aussi, Nellie. Vite !

Dès qu'ils furent en haut, Amy les rejoignit. Mais, elle savait que Jonah et son père ne resteraient pas longtemps en arrière.

Dan sautillait sur place, surexcité.

– C'était génial ! On peut les enfermer là-dedans ?

– Calme-toi et écoute, Dan. Sur le tube, le message parle de charge. Je pense que ce qu'il y a dedans est inerte.

– C'est quoi un nerte ?

– Inerte ! Inactif ! Il faut de l'énergie pour le catalyser. C'est une histoire de chimie. Quand Franklin dit « charge »...

Le garçon sourit.

– Bien sûr !

– C'est dangereux, fit-elle remarquer.

– On n'a pas le choix.

– Qu'est-ce que vous complotez, tous les...

Nellie jeta un coup d'œil derrière eux.

– Oh, flûte ! Regardez !

Un camion de glaces violet arrivait à vive allure. Il freina à mort devant le portail. Eisenhower était au volant, la mine renfrognée.

– Vite, dans l'église ! ordonna Amy.

Ils se ruèrent dans l'édifice, mais en poussant la porte, ils rentrèrent tête la première dans un costume rouge cerise.

– Coucou, les enfants !

Oncle Alistair les regardait en souriant. Avec ses deux yeux au beurre noir, il avait l'air d'un raton laveur. Irina Spasky l'accompagnait.

La gorge d'Amy se serra.

– Vous... vous êtes ensemble ?

– Allons, allons, reprit le vieil homme. Je vous ai sauvé la vie dans les catacombes. Il faut savoir s'allier aux bonnes personnes quand l'occasion se présente. Je vous suggère de nous donner la fiole, jeune demoiselle. Je n'aimerais pas que cousine Irina soit obligée d'employer les grands moyens.

Celle-ci plia les doigts, de petites aiguilles jaillirent sous ses ongles.

Amy fit volte-face et écarquilla les yeux. Quelque chose fonçait droit sur eux. Une sorte de... de gros cube blanc.

– À terre ! hurla-t-elle.

Avec Nellie et Dan, ils se jetèrent au sol tandis qu'un énorme bloc de glace volait au-dessus de leurs têtes. Alistair et Irina tombèrent raides, assommés.

– L'heure de la vengeance a sonné ! rugit Eisenhower Holt, en sortant des munitions de l'arrière de son camion.

Arnold le pitbull jappait furieusement. Les Holt se dirigèrent en troupeau vers l'église, armés de bacs de glace et de glaçons.

– Amy, s'inquiéta Dan, tu ne vas pas... ?

Il ne finit pas sa phrase, mais elle avait très bien compris. La dernière fois qu'ils avaient croisé les Holt, elle avait paniqué. Cette fois, elle ne pouvait pas se le permettre. Découvrir la fresque des Cahill dans cette petite pièce secrète lui avait donné assurance et détermination.

– Nellie, sors d'ici ! cria-t-elle. Ils n'en ont pas après toi. Va prévenir la police !

– Mais...

– C'est la meilleure façon de nous aider. Allez !

Elle n'attendit même pas sa réponse. Avec Dan, ils se ruèrent dans l'église, enjambant les corps inertes d'Alistair et d'Irina. Ils filèrent tout au fond.

Amy n'avait pas le temps d'admirer le monument, mais elle avait l'impression de se retrouver au Moyen Âge. Des piliers de pierre grise soutenaient un plafond voûté. D'innombrables rangées de prie-Dieu en bois sombre étaient alignées devant l'autel et les vitraux scintillaient à la lueur des cierges. Leurs pas résonnaient sur le sol dallé.

– Par ici ! s'écria Dan.

Sur leur gauche, il y avait une porte qui laissait voir un escalier très raide qui montait en colimaçon. Amy ferma le loquet derrière eux, tout en sachant que ça ne retiendrait pas longtemps les Holt.

Ils grimpèrent les marches en titubant. La respiration de Dan se fit sifflante. Amy passa le bras sous ses aisselles pour le soutenir.

Plus haut, plus haut, toujours plus haut. De l'extérieur, elle n'aurait jamais imaginé que ce clocher était si haut. Enfin, elle arriva devant une trappe qu'elle poussa. La pluie lui cingla le visage. Ils se hissèrent dans le clocheton ouvert aux quatre vents. La cloche de bronze de la taille d'une armoire était posée dans un coin. Elle n'avait sûrement pas sonné depuis des siècles.

– Donne-moi un coup de main ! cria Amy.

En joignant leurs efforts, ils parvinrent à la pousser sur la trappe.

– Ça... devrait... les bloquer... un moment, haleta Dan.

Amy se pencha à l'extérieur, dans la nuit et la tempête. Le cimetière semblait minuscule vu d'ici. Dans les rues, les voitures avaient la taille des autos que son frère collectionnait autrefois. En tâtonnant contre la paroi de pierre, ses doigts se refermèrent sur une barre de métal glacée. Une rangée de barreaux était scellée dans le mur, formant une échelle qui menait à la flèche, environ trois mètres plus haut. Si elle tombait...

– Dan, tu restes là, ordonna-t-elle.

– Non, tu ne vas pas...

– Je n'ai pas le choix. Tiens, prends ça.

Elle lui tendit le papier d'emballage de la fiole.

– Garde-le bien au sec.

Il le fourra dans la poche de son pantalon.

– Amy...

Il avait l'air terrifié. Sa sœur comprit à ce moment-là qu'ils étaient vraiment seuls au monde. Elle n'avait que lui. Il n'avait qu'elle. Elle le prit par l'épaule.

– Je reviens tout de suite, Dan. Ne t'inquiète pas.

BOUM !

La cloche trembla, tandis que quelqu'un cognait contre la trappe. BOUM !

Amy glissa la fiole dans sa poche, puis passa une jambe par l'ouverture, dans le vide, dans la nuit.

Elle avait du mal à se cramponner aux barreaux trempés. La pluie lui coulait dans les yeux. Elle n'osait pas regarder en bas. Il fallait rester concentrée. Lentement mais sûrement, elle se hissa sur le toit d'ardoise.

Enfin, elle arriva à la flèche. Un vieux paratonnerre en fer était pointé vers le ciel. À sa base se trouvait un anneau de métal, sorte de mini-panier de basket, avec un câble relié à la terre comme Franklin l'avait indiqué dans ses expériences. Amy enroula le câble autour de son poignet, puis sortit la fiole, qui manqua lui échapper des mains. Avec précaution, elle la glissa dans l'anneau, exactement à la bonne taille.

Elle redescendit légèrement.

– Pourvu que ça marche, supplia-t-elle en s'agrippant aux barreaux.

Elle n'eut pas longtemps à attendre. Ses cheveux se hérissèrent sur sa nuque. Elle sentit une odeur de papier aluminium brûlé et soudain CRAAAC !

Une explosion dans le ciel. Une gerbe d'étincelles retomba autour d'elle, grésillant sur les tuiles mouillées. Sonnée, elle perdit l'équilibre et bascula en arrière. Cherchant à se rattraper, elle referma si violemment la main sur un barreau qu'une vive douleur irradia dans son poignet. Mais elle ne lâcha pas prise et remonta au sommet du clocher.

La fiole luisait dans l'obscurité. Le liquide vert n'était plus trouble et visqueux, il étincelait, telle une émeraude, prisonnier du verre. Amy tendit un index hésitant pour le toucher. Pas de décharge. Pas la moindre sensation de chaleur. Elle ôta le tube de son support pour le remettre dans sa poche.

« Chargez-vous de cet objet et servez-vous de vos dons pour faire la lumière. »

Mais le plus dur était à venir. Il fallait maintenant qu'elle regagne la terre ferme afin de découvrir ce qu'elle venait de créer.

– J'ai réussi, Dan ! cria-t-elle en rentrant dans le clocher.

Mais son sourire se figea aussitôt. Son frère gisait sur le plancher, bâillonné et ligoté. Ian Kabra se dressait au-dessus de lui, vêtu d'un treillis noir.

– Bonjour, cousine, fit-il en brandissant une seringue. Tu tombes bien, je voulais te proposer un marché.

– MMMM ! tenta d'articuler Dan qui se débattait. MMMM ! MMMM !

– Li-libère-le tout-tout de suite ! bégaya Amy.

Elle devait être écarlate. Et elle s'était remise à bégayer. Pourquoi diable Ian Kabra possédait-il le pouvoir de changer sa langue en plomb ?

La cloche de bronze trembla. Les Holt cognaient toujours en dessous pour enfoncer la trappe.

– Ce n'est qu'une question de minutes. Ils vont bientôt débarquer ici, l'avertit Ian. De plus, ton frère a besoin d'un antidote.

Amy eut l'impression de recevoir un coup de poing dans l'estomac.

– Qu'est-ce... qu'est-ce que tu lui as fait ?

– Rien qui ne soit irréversible... à condition d'agir dans la minute qui vient.

Ian agita la seringue sous son nez.

– Donne-moi la fiole de Franklin. Je te donne l'antidote. C'est honnête, non ?

– MMM !

Dan secouait violemment la tête, mais Amy ne voulait pas le perdre. Rien ne valait la peine de risquer la vie de son frère. Ni la deuxième clé ni même le trésor. Rien. Elle tira de sa poche la fiole verte. Ian la prit tandis qu'elle lui arrachait la seringue des mains. Elle s'agenouilla auprès de Dan pour lui ôter son bâillon.

Ian ricana.

– C'est un plaisir de faire affaire avec toi, cousine.

– Tu n'arriveras jamais à ressortir du clocher. Tu es coincé ici...

Elle s'interrompit brusquement. Au fait, comment avait-il fait pour arriver là ? Elle remarqua alors les lanières croisées sur son torse comme un harnais d'escalade. À ses pieds gisaient un tas de tubes en métal et un carré de soie noire.

– L'une des passions de ce cher Franklin, expliqua-t-il en assemblant le tissu sur le cadre de métal, les cerfs-volants. C'est ainsi qu'il a traversé la Charles River, tu le savais ?

– Tu n'as quand même pas... ?

– Si, si !

Il montra le gros dôme blanc du doigt, au sommet de la butte Montmartre.

– J'ai pris mon envol du Sacré-Cœur et je vais repartir de la même manière.

– Tu n'es qu'un voleur.

Ian accrocha son harnais au gigantesque cerf-volant noir qu'il venait de reconstituer.

– Pas un voleur, Amy. Un Lucian, corrigea-t-il, comme Benjamin Franklin. Le contenu de cette fiole, quel qu'il soit, revient à notre clan. Je suis sûr que ce bon vieux Ben aurait apprécié l'ironie de la situation !

Et sur ces mots, Ian s'élança du clocher, et le vent l'emporta. Le cerf-volant devait être conçu pour supporter le poids d'un homme, car il survola sans heurts le cimetière et la grille pour réaliser un atterrissage tout à fait maîtrisé sur le trottoir. Au loin, couvrant les roulements de tonnerre, des sirènes de police retentirent. La cloche remua, secouée par les coups de la famille Holt.

– MMMM !

– Dan !

Durant quelques secondes, Amy l'avait oublié. Elle lui arracha son bâillon.

– Ouille ! gémit-il.

– Ne bouge pas, j'ai l'antidote.

– C'était du bluff ! J'ai essayé de t'avertir... Ian ne m'a pas empoisonné, je vais très bien !

– Tu es sûr ?

– Sûr et certain. Je n'ai pas besoin de piqûre. Si ça se trouve, au contraire, c'est du poison !

Comment avait-elle pu être aussi bête ? Dégoûtée, Amy jeta la seringue par-dessus son épaule, puis elle détacha son frère et l'aida à se relever.

La cloche de bronze se mit à tanguer et tomba sur le côté dans un fracas assourdissant. Soudain, la trappe s'ouvrit. Eisenhower Holt fit irruption dans le clocher.

– Vous arrivez trop tard, annonça Dan. C'est Ian qui l'a.

Il désigna la scène qui se jouait en contrebas : Ian était en train de monter dans un taxi, avec sa sœur à l'arrière. Aussitôt, ils filèrent à travers Montmartre.

– Vous allez me le payer ! rugit M. Holt. Je vais…

Les sirènes couvrirent ses derniers mots. Une première voiture de police surgit au coin de la rue, gyrophare allumé. La voix de Reagan monta de l'escalier :

– Qu'est-ce qui se passe, papa ?

Un deuxième véhicule de police freina devant l'église.

– On lève le camp ! décida Eisenhower. Demi-tour toute !

Il jeta un dernier regard à Dan et Amy avant d'ajouter :

– La prochaine fois…

Laissant sa menace en suspens, il prit la fuite avec le reste de la famille.

Amy regarda en bas. Elle repéra oncle Alistair boitillant dans une ruelle adjacente, un esquimau collé dans le dos de son costume rouge cerise. Irina Spasky, qui titubait sur le parvis de l'église, se mit à courir en voyant la police.

– Arrêtez ! cria un agent avant de se lancer à ses trousses.

Nellie était sur le trottoir, entourée de policiers. De là-haut, Amy ne percevait que des éclats de voix, mais elle n'arrêtait pas de montrer l'église du doigt. Malgré toute cette agitation, Amy se sentait étrangement calme. Dan était en vie. Ils s'en étaient sortis, une fois de plus. Elle avait fait ce qu'il fallait. Un sourire lui monta aux lèvres.

– Qu'est-ce qui te fait rire ? s'étonna son frère. On a perdu la deuxième clé. Je ne vois pas ce que ça a de drôle.

– Mais non, ne t'en fais pas, on l'a toujours, affirma-t-elle.

Il écarquilla les yeux.

– Tu as reçu la foudre sur la tête ou quoi ?

– La fiole ne contient pas la clé, Dan. C'était juste... je ne sais pas trop. Un petit cadeau de la part de Franklin. Pour nous aider dans nos recherches. La vraie clé se trouve sur le papier que tu as fourré dans ta poche.

19. La résolution de F.

Alors, comme ça, la clé était bien à l'abri dans la poche de son jean ? Dan n'en revenait pas !

– Finalement, c'est moi qui ai sauvé la mise !

– Hé, une minute ! Qui est-ce qui t'a donné le papier ? Qui est-ce qui est monté sur la flèche en pleine tempête ?

– Ouais, mais pendant ce temps, la clé était dans ma poche.

Amy leva les yeux au ciel.

– Tu as raison, Dan. Tu es un véritable héros !

Nellie sourit.

– Si vous voulez mon avis, vous vous êtes super bien débrouillés tous les deux.

Assis à la terrasse d'un café sur les Champs-Élysées, ils regardaient défiler les passants tout en trempant

241

leurs croissants dans un chocolat chaud. L'orage de la veille avait dégagé le ciel, maintenant parfaitement bleu. Ils avaient déjà fait leurs bagages et quitté l'Hôtel des Étoiles.

Tout bien considéré, Dan était plutôt de bonne humeur. Il regrettait que Ian et Natalie s'en soient tirés. Il n'avait pas du tout apprécié d'être ligoté comme un saucisson et il aurait voulu se venger. Mais cela aurait pu être pire. Ils auraient pu errer sans fin dans les catacombes ou avoir le crâne fracassé par un bloc de glace.

– Je me demande quand même ce qu'il y a dans cette fiole, dit-il.

Amy entortillait une mèche de cheveux sur son doigt, pensive.

– Sans doute un coup de pouce pour trouver le trésor. Étant donné que c'est Ian et Natalie qui l'ont, j'imagine qu'on va bientôt le découvrir.

– Si c'est un truc des Lucian, je vote pour une sorte de poison, affirma Nellie en mâchonnant son croissant. Ils ont l'air d'aimer ça.

– Peut-être…, marmonna Dan, sans être convaincu.

L'idée que Franklin soit l'ancêtre de Ian et Natalie lui déplaisait. Il lui vouait désormais une certaine admiration : il fallait être génial pour écrire une thèse sur les pets et mener toutes ces expériences sur les éclairs. Restait à déterminer si ce vieux Ben était du côté des gentils ou du côté des méchants.

– … mais je ne vois pas le rapport entre une fiole de poison et une partition de musique.

Amy sortit la feuille de son sac à dos et la déplia sur la table. Dan l'avait déjà examinée des dizaines de fois. Il savait que c'était l'exacte reproduction de la partition gravée sur le piédestal, mais il ignorait quel rôle elle pouvait bien jouer dans leur quête. Lorsqu'il s'était réveillé ce matin, sa sœur était déjà en train de faire des recherches sur son ordinateur.

– J'ai trouvé le morceau sur Internet ! annonça-t-elle justement.

– Comment ?

– J'ai fait une recherche croisée en indiquant « Franklin + musique ». C'est sorti tout de suite. Il s'agit d'un adagio pour l'harmonica de verre.

– Ah oui, l'instrument qu'il a inventé.

– Oui, mais j'ai l'impression qu'il y a autre chose derrière…

Amy se renfonça dans le fauteuil, les yeux brillants, comme si elle avait découvert un secret.

– On a téléchargé le morceau. Écoute.

Nellie lui tendit son iPod.

– C'est pas trop mon genre.

Dan écouta. Il se sentit soudain léger, léger, comme un ballon. Cette musique si belle et familière lui donnait envie de flotter au-dessus de Paris. Lui qui, d'habitude, se souvenait toujours de tout, il n'arrivait pas à se rappeler où il l'avait entendue.

– Je connais, pourtant…, murmura Dan.

– Papa la passait souvent, expliqua Amy, quand il travaillait dans son bureau.

Dan n'en avait aucun souvenir. Il aurait voulu réécouter ce morceau en boucle jusqu'à réussir à voir lui aussi leur père dans son bureau. Mais Nellie lui reprit le iPod.

– Désolé, le nain. T'as encore de la boue dans les oreilles.

– Les notes forment un code. La partition est une sorte de message secret, expliqua Amy.

– Et nos parents le savaient, réalisa Dan, stupéfait. Qu'est-ce qu'il signifie ?

– Aucune idée, reconnut sa sœur. Dan, tu te souviens, maître MacIntyre nous a dit que les 39 clés constituaient les pièces d'un puzzle ?

– Ouais…

– J'y ai réfléchi hier soir, lorsque tu as décodé le message gravé sur la fiole. Et je me suis demandé si on n'avait pas intérêt à réétudier la première clé.

Elle ressortit le petit carton qu'ils avaient payé deux millions de dollars, avec les gribouillis de Dan au verso et le premier indice au recto :

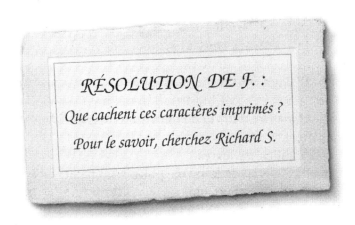

RÉSOLUTION DE J. :

Que cachent ces caractères imprimés ?

Pour le savoir, cherchez Richard S.

Nellie fronça les sourcils.

– C'est ce qui vous a menés à Franklin. C'était ça, la réponse, non ?

– Oui, en partie, confirma Amy. C'est aussi la première pièce du puzzle qui doit nous mener à quelque chose de réel. C'est ce que j'ai compris hier soir quand tu as parlé d'anagramme, Dan.

Il haussa les épaules.

– J'y comprends rien.

Elle sortit un stylo et écrivit RÉSOLUTION DE F. sur un bout de papier.

– Tu m'as demandé si ce mot faisait partie de l'indice. Et je viens seulement de comprendre. Nous sommes censés deviner ce que cachent ces caractères imprimés.

Elle lui passa la feuille.

– Vas-y, c'est une anagramme.

Dan fixa les lettres un instant. Puis, soudain, il se raidit comme s'il venait de recevoir une décharge électrique. Les lettres se mettaient en place dans son esprit. Il prit le stylo des mains de sa sœur pour écrire :

SOLUTION DE FER.

– Je n'y crois pas ! s'exclama Nellie. Tout tourne autour du soluté de fer !

– Il s'agit en fait de la première clé, affirma Amy. C'est un ingrédient, un truc comme ça.

– Qui entre dans la composition de quoi ? demanda son frère.

Elle pinça les lèvres.

– Pas moyen de le savoir pour le moment. Le soluté de fer est utilisé en chimie, en métallurgie, et même dans l'imprimerie. On ignore aussi en quelle quantité on doit l'employer, d'ailleurs. Chaque fois que Benjamin Franklin a mentionné le soluté de fer, il s'est contenté de marquer « une dose ».

– Il faut qu'on le découvre, alors !

– Oui, on va le découvrir, promit Amy. Quant au morceau de musique…

Elle se pencha à nouveau sur la partition.

– À mon avis, c'est également un ingrédient, supposa Nellie.

– Je pense aussi, confirma Amy. C'est comme ça qu'on distingue les indices des vraies clés. Ce sont de véritables ingrédients. Simplement, on ne sait pas encore comment interpréter celui-ci.

– Qu'est-ce qu'on va faire, alors ? s'inquiéta Dan.

– Suivre la piste comme pour Franklin. On a trouvé qui l'a composé. C'est…

Amy s'interrompit brusquement.

Une silhouette familière descendait l'avenue. Un homme mince et un peu dégarni, en costume gris, avec une malette à la main.

– Maître MacIntyre ! s'écria Dan.

Le vieux notaire sourit.

– Ah, vous voilà, les enfants ! Je peux ? demanda-t-il en prenant une chaise.

Amy s'empressa de ranger les indices avant qu'il ne s'asseye. Il commanda un café et insista pour régler leur note. Il paraissait nerveux. Il avait les yeux injectés de sang et ne cessait de scruter les environs comme s'il craignait d'être observé.

– J'ai appris pour hier, dit-il. Je suis désolé.

– Ce n'est pas si grave, affirma Dan.

– En effet, je suis sûr que vous pourrez vous rattra-per. Mais c'est vrai, alors ? Les Kabra vous ont litté-ralement arraché la deuxième clé ?

C'était agaçant. Dan avait très envie de se vanter qu'ils avaient trouvé la partition et l'histoire du soluté de fer, mais Amy intervint :

– Oui, c'est vrai, confirma-t-elle, l'air abattu. Et nous ne savons pas où aller maintenant.

– Misère, soupira maître MacIntyre. Je crains que vous ne puissiez rentrer chez vous. Les services sociaux sont toujours à vos trousses et votre tante a engagé un détective privé pour vous retrouver. Mais vous ne pouvez pas non plus rester ici. La vie est telle-ment chère à Paris.

Ses yeux se fixèrent sur le pendentif d'Amy.

– J'ai des amis ici. S'il n'y a pas d'autre solution, je pourrais essayer de revendre le collier de...

– Non, merci, le coupa-t-elle. On va se débrouiller.

– Comme vous voudrez, répondit-il d'un ton dubi-tatif. S'il y a quoi que ce soit que je puisse faire... si vous avez besoin de conseils...

– Merci, maître MacIntyre. On va s'en sortir tout seuls.

Le notaire les dévisagea tour à tour.

– Hum..., je crains d'avoir une dernière chose à vous demander.

Tandis qu'il se penchait vers un petit sac de voyage, Dan remarqua qu'il avait les mains toutes griffées.

– Oh ! qu'est-ce qui vous est arrivé ?

Le vieil homme fit la grimace.

– Eh bien...

Il posa le sac sur la table. Un *mrraw !* familier s'en échappa.

– Saladin ! s'exclamèrent Dan et Amy en chœur.

Le garçon ouvrit le sac. Le gros chat au pelage argenté se faufila à l'extérieur, l'air outré.

– Nous ne nous entendons pas à merveille, tous les deux, j'en ai bien peur, expliqua maître MacIntyre en frottant ses mains lacérées. Il n'était pas très content de se retrouver en ma compagnie. Et il… enfin, il m'a clairement fait comprendre qu'il voulait vous rejoindre. Ça a été toute une histoire de lui faire franchir les frontières, mais je n'avais pas le choix. J'espère que vous ne m'en voudrez pas.

Dan ne put s'empêcher de sourire. Il réalisa à quel point le vieux matou lui avait manqué. Maintenant que Saladin était là, leur petite famille était réunie. Pour la première fois depuis des jours et des jours, il eut l'impression que, peut-être, Grace veillait encore sur eux.

– Il va voyager avec nous. Ce sera notre chat de garde !

Saladin le regarda, l'air de dire : « Donne-moi d'abord un filet de merlan, et je vais y réfléchir. »

Dan s'attendait à ce que sa sœur proteste, mais elle souriait autant que lui.

– Tu as raison, Dan. Merci, maître MacIntyre !

– Eh bien, il n'y a pas de quoi. Bon, si vous voulez bien m'excuser, les enfants… Bonne continuation !

Il laissa un billet de cinquante euros sur la table et fila en jetant des regards méfiants autour de lui, comme s'il craignait une embuscade.

Le serveur apporta un bol d'eau et du poisson frais dans une soucoupe pour Saladin. Dans le café, personne ne paraissait s'émouvoir qu'un chat prenne le petit-déjeuner sur la table.

– Vous n'avez pas parlé de la partition au notaire, remarqua Nellie. Je croyais qu'il était de votre côté.

– Il nous a dit de ne faire confiance à personne, répliqua Amy.

– Pas même à lui, compléta Dan.

La jeune fille au pair croisa les bras.

– Et moi, alors, les nains ? Vous avez oublié notre marché ?

Dan en resta bouche bée. Effectivement, il avait complètement oublié que la mission de Nellie devait se terminer. Sa gorge se serra. Ils comptaient tellement sur son aide, comment allaient-ils se débrouiller sans elle ?

– On... on a confiance en toi, Nellie, dit-il, on ne veut pas que tu partes.

Elle prit une gorgée de café.

– Mais vous ne rentrez pas à Boston. Ce qui signifie que si je me pointe là-bas, je vais avoir de gros ennuis.

Dan n'avait pas pensé à ça non plus. Amy plongea le nez dans son assiette, toute penaude. La jeune fille au pair mit ses écouteurs, tout en suivant des yeux un groupe de garçons de son âge qui passaient sur l'avenue.

– Ce n'est pas un boulot pire qu'un autre, reprit-elle. Je veux dire, tant qu'à travailler avec deux nains... On devrait peut-être modifier le contrat, cependant.

Dan se tortillait sur sa chaise, mal à l'aise.

– Comment ça ?

– Un jour, quand vous aurez trouvé votre trésor, vous me rembourserez. Pour l'instant, disons que je bosse gratuitement. Parce que si vous croyez que je vais vous laisser parcourir le monde et vous éclater sans moi, vous rêvez !

Amy se jeta à son cou. Dan sourit.

– T'es la meilleure, Nellie !

– Je sais, je sais. Arrête, miss, tu me décoiffes !

– Désolée, fit-elle en se rasseyant.

Elle ressortit la partition.

– Je disais donc...

– Ah oui, le compositeur ! se souvint Dan.

Amy désigna le bas de la feuille.

– Regarde.

Dans le coin droit, sous la dernière portée, il remarqua trois lettres à l'encre noire délavée :

– Wam ? C'est un groupe des années 1980, non ?

– Mais non, crétin ! Ce sont des initiales. Je t'ai dit que des musiciens célèbres avaient composé des morceaux pour l'harmonica de verre de Franklin. Eh bien, ce « W. A. M. » en faisait partie. À mon avis, Franklin l'a rencontré vers la fin de sa vie et ils étaient tous les deux des Cahill. Ils ont dû échanger certains secrets. Bref, j'ai fait des recherches. C'est la dernière pièce de musique de chambre de ce compositeur. Elle est connue sous le nom de « K.V. 617 ».

– Sympa, le titre ! murmura Nellie.

– Le truc, c'est que la partition de cet adagio est accessible à tous. En plus, elle est gravée sur le piédestal. Les autres équipes n'auront aucun mal à la décoder. Il faut qu'on se dépêche d'aller à Vienne.

– Une minute ! la coupa Dan. Vienne, en Autriche ? Pourquoi ?

Les yeux de sa sœur étincelèrent.

– Parce que c'est là que vivait Wolfgang Amadeus Mozart. Et c'est là que nous attend la deuxième clé.

20. Un rendez-vous important

William MacIntyre arriva pile à l'heure à son rendez-vous.

Il sortit sur la passerelle d'observation de la tour Eiffel. Comme toujours, les lendemains d'orage, l'air était sec et frais. Paris scintillait en contrebas, comme lavée de tous ses sombres secrets.

– Ils n'ont plus confiance en vous, dit l'homme en noir.

– Non, reconnut le notaire.

L'autre sourit.

– Ils apprennent vite.

Le notaire s'efforça de masquer son agacement.

– Cela aurait pu plus mal tourner encore.

– Cela aurait pu encore mieux se passer. Il faut qu'on les surveille de plus près, vous ne croyez pas ?

– Je m'en suis occupé.

Le notaire sortit son téléphone portable et montra l'écran à son compère. Le dernier numéro composé se trouvait à Vienne, en Autriche. L'homme en noir émit un long sifflement.

– Vous êtes sûr que c'est une bonne idée ?

– Non, reconnut-il, mais c'était nécessaire. La prochaine fois, on ne peut se permettre aucune erreur.

– Aucune erreur, acquiesça l'homme en noir.

Et, ensemble, ils contemplèrent la ville étalée à leurs pieds. Dix millions de personnes qui vivaient leur vie sans se douter que l'avenir du monde était en jeu.

Le carnet secret :
*Un livre en couleurs,
qui révèle tous les secrets des clans Cahill.*